ZHANG ZHAN DE SHI

诗

张战的

张战 著

海天出版社·深圳·

一碗面曾像一朵花

万物曾为你歌唱

一碗面就像一朵花

P135

苦瓜宝宝想不通

为什么自己一长大

花妈妈就要和宝宝说再见呢

苦瓜宝宝想妈妈

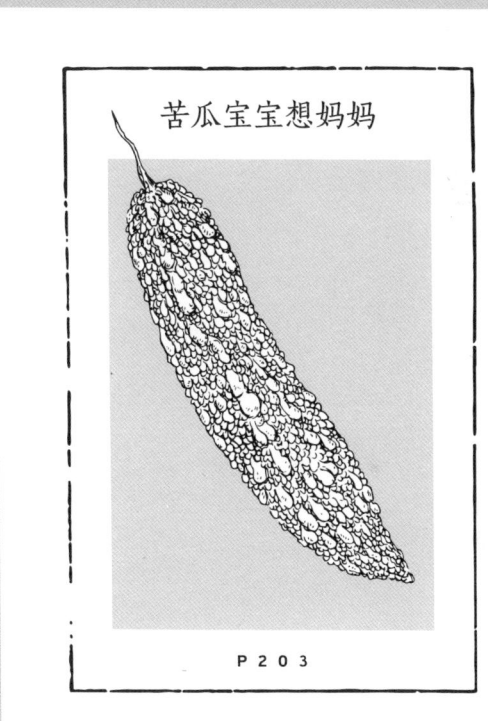

P 2 0 3

小小的地藏菩萨

藏在竹林里

春笋

P 2 3 2

如果它翻一个身

把触角变成腿

它会跑得快一些

蜗牛与我

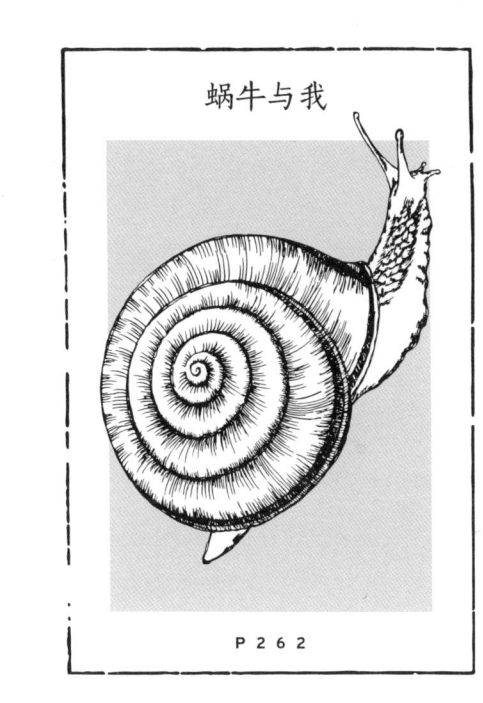

P 2 6 2

CONTENTS

目录

请给我看看
为我出生写的邀请书

霜降日

太阳依然崭新

是谁给太阳寄出了今天的邀请书

金纱轻摇，垂自那高不可及的天幕

我们自欺欺人

将那里命名为空

词汇贫乏时才知道我们依然是野兽

一小把名词握在手心

摆弄来摆弄去

像是不知哪一位神送给孩子的几颗糖果

当我们言语

无限的神秘以暴力

按住我们弹动的舌头

今天

我的粉色粗布床单在顶楼被太阳划开了皮层

血液爆裂芳香

有的生命为何不能与所有生命共生

我的有生之年

如果不是太阳把我一遍一遍洗净

请撤回那封使我出生到这世界的邀请书

我的母亲今天真的很美丽

我的母亲今天真的很美丽

只有盛开的榆叶李配作她的姐妹

榆叶李盛开

我母亲白发明亮

榆叶李如烟似幻

我母亲一生轻盈

我的母亲今天穿小圆翻领的黑羊绒上衣

我故意不帮她拣去落夹在头发里的花瓣

母亲的白发和榆叶李花

玉片的光

春风的曲线

我的母亲笑着说起她的儿子

酒鬼

歌唱得好

自己过生日就是做一顿好饭菜给别人吃

现在又爬在脚手架上

唯愿他辛苦能多挣点钱

也不怕——只要你们个个平安

你，胆大包天

小时候三次差一点死去

有一回，那一回，还有一回

我母亲今天的话花瓣一样稠密

用花瓣她也能给我们建一间结实的屋子

这里好看，那里好看

我搂着母亲的肩一一指点

我认真看了咧——

母亲的嗓音像刚擦亮的白银

我的母亲今天真的很高兴

我的母亲是满头白发的春神

今天在一棵盛开的榆叶李树下

我偷偷拍下了她的背影

孩子

我不能对着孩子哭泣

我不能对着母亲哭泣

妈妈我看你今天脸有点肿

孩子在我脸上摁了又摁

妈妈你昨晚又没睡好吧

我连连点头，嗯嗯

妈妈你的眼里有红血丝

是这样啊，我松了一口气

孩子七岁时有一次和我告别

我左手正拉车门

我们俩头顶都有一团毛茸茸的大月亮

他有他的大月亮，我有我的大月亮

但我不知他的月亮是不是毛茸茸

妈妈我真害怕你融化

孩子突然抱住我的右胳膊

妈妈你不要像豆腐脑那样融化

我使出全身气力哈哈笑

笨东西豆腐脑又不是冰怎么会融化

我的车在毛月亮下开了好久

笨东西豆腐脑只会碎了又碎

我一遍遍小声说

声音小到只我自己听得见

月下独行

月亮不能总那么圆白

狗也会在月下哭

有时猫头鹰的叫声像极了捂着嘴哭的狗

但这次哭的真是狗

她停住脚步

踩在碎影上

稍等，这次是另一只

是小狗

哭声顺着油麻藤匍匐着在地上爬

哀鸣岂止于人类

此刻

林中的林

是无数不能全叫出名字的林

桂、樟、桤、槭

栾、槐、乌桕、冬青

当然，竹与南天竺

更多的名字

在全黑和半黑处沉默并颤抖

鸟儿们都睡了吗

它们哀愁时是否依旧只能歌唱

万物与我同呼吸

万物与我与爱皆有尽时

先救别人还是先救自己

月亮整夜都大睁着眼睛问

但它爱它看见的每一样事物

我愿是被救赎的人

松树与蝴蝶

松树怎么能捉住蝴蝶

松树只能让蝴蝶来捉它

松树要捉蝴蝶必须有耐心等

一千年等也许会等到一刹那

琥珀里一只栩栩然蝶

但那只蝶不会是庄周蝶

世上何曾有一把刀锋利能破梦

没有千钧力怎能痛削骨肉成轻之蝶

所以庄周蝶翩然从幻梦飞出时

需要盘古敲开天地的力

所以松树根深翠云拨散

也势如盘古踩地撑天

蝴蝶来与不来松都在那里

子曰岁寒然后知松柏之后凋

而松柏何曾凋

八千岁为春八千岁为秋

故不是所有蝴蝶都懂岁寒

但千百年来至少有一只蝴蝶能懂

千百年后有一天

一只蝴蝶轻声问

你要喝一杯咖啡吗

女人们在一起
谈论些什么

她们谈论那只叫六月的母猫

白色的，昨天下午

它带回一个野情人

是一只虎斑猫

然后又出去

一宿未归

今晨回来了

倦极

两只猫，不吃，不喝

霸占着窗前一张旧茶桌

依偎酣睡

从早晨七点到下午三点

即使是野猫疯爱一夜也会很累啊

六月一夜就变瘦了

它的情人，那只野虎斑猫

微弓着背，肚皮凹陷

它们睡成了一个太极图

太阳也更爱恋爱中的猫呢

猫语里没有淫秽这样的词吧

幸好还有野猫没被人捉去做绝育手术

有人夜夜失眠

而此刻，世上

两只猫在太阳下安睡

在沱江与长江交汇处

你知道一条江里的水有多少层

多少股吗

最底层的水流是最急还是最缓

中间那一层是清还是浊

水总是你挤我，我挤你

像孩子们在狭窄的走廊里用胳膊肘互怼

它的深喉吞进和吐出过多少鱼

有时我看见一条江的幻影从你脸上掠过

光影变化了你脸上的沟壑

有时那条江就在人流汹涌的大街上

我也正在水里

眼睁睁看着水浪拍碎在我头顶

我多希望我能不畏惧

曾有一刻我和你一起站在江岸看水

岸上有人歌唱

漩涡里有温柔的唧咕声

红嘴鸥的身子是融雪的颜色

我希望我的手掌能接住雨燕一触即离的吻

它的脚细得能在针尖上跳舞

一条江就是一股长长的绞缠着的粗绳

但我希望它有时能散开如女人顺滑的长发

这混沌的水啊

哪怕全都清澈

也是各种力相抗相叠

我们着迷于河面的漩涡与洄纹

右边的水急匆匆奔涌前去如义士赴崖

左边却有一支回转来

如汽车在红绿灯前掉头

猛撞上往前奔涌的水圆鼓鼓的肚皮

时时生，时时逝，时时变

是什么把这一切带走

柔软至虚无的江水

无处不是伤口

无处不是缝隙

无处不在愈合

赠女友

我的女友说：啊，我长胖了！
于是有此诗送给她。

我喜欢胖一点的女人

无论她是女孩少女还是妇人

她的手又暖又软

手心有一个雪白的凹

她口渴遇到清泉

窝起手掌一次可以喝很多

她有苹果脸苹果臀和一颗苹果心

她和我说话像一块软棉毛巾拥抱水

一瞬间的浸润就知道水多么凉

她制造自己的漩涡就像她烙一张千层饼

我吃过我吃过啊

那一绺绺金色旋覆花瓣的面皮

美丽女人的美丽衣裳不可能从商店买到

谁能用生产线上下来的 S 码长裙

截住春天鼓涌的河流

她有且只有一面镜子就是她自己

她缝自己的衣裙

用雾用风用雨燕点点斑斑的啼鸣

如果一个女人不怕巧克力和泡芙

那她也不会怕寒冷、悲伤与孤独

她是一部厚厚的辞典

里面并不只收集圆圆软软的词

她躺下也会比别人晒到更多阳光

今日检讨

是的，我今天在山里转了两小时

是的，我的心总听到声音是绿色的，当它向我呼唤

是的，那些山坡上的树哪怕叶子掉光也很美

是的，那石上的青苔林间的腐叶都是我的藏魂器

我啊，我不知为何会生而为人

我知道我的眼泪里有盐能镇痛但我不懂大象的眼泪

我听着那些歌那些歌正编织着银灰的雨

转啊转啊转，在山里冬天是一只圆圆的鸟巢

后来我去了母亲家，母亲拉紧我的手

她说水漂走了她的白床单越远越像一只白天鹅

妈妈那白床单漂走白天鹅飞走水里留下的波纹还在不在

妈妈你要紧紧拉着我我也要紧紧拉着你

女友们醉了

女友们开始醉了

我没有

她突然哭起来

"天一黑

外婆把我背在背上去打鱼草"

"什么是鱼草"

那最美的一个问

她的美

哦，墙要为她开裂

"自从我外公被吓破了胆

再没有管过家里的事"

"吓破了胆是怎样的"

这回是我问

"每次家门外来叫花子

外婆总是喊

去抓两大抓米来啊"

"别人说天黑后烧的钱死了的人才收得到
那时我舅舅已发了财
外婆走时舅舅买了一屋子纸钱
外婆在家停七天
天一黑我就烧
跪着烧了七天"

她的手在找她的脸
墙外络石藤在风中抖
翡翠镯子绿光莹莹
三岁时她在外婆背上
鱼塘里的草也这样闪烁

最美的那一个也开始哭
我没有
马尔克斯说回忆都是假的
可是欢乐的酒为什么
总是从悲伤的杯子里倒出来

羞愧

有没有一种动物像我

每天都羞愧

每天想挖一个新洞

把自己藏起来

我的羞愧总各不相同

有的羞愧可以大声说出

比如厌倦

比如懒

有的羞愧只能耳语

而有的羞愧

我自己点头

摇头

无声地说出

刚刚，有一个羞愧

我一意识到

就觉得自己有罪

花海

就为了看这些花
我又踩坏了好多花
这片花海里并没有路
我小心避开高摇的桔梗
却依然踩折了贴地的火绒草

觉得美就一定要赞颂吗
看这朵绿蒿绒的时候
它会不会突然生气把花瓣闭合
美人，收拢手中的折扇

这一片缓缓融化的莫奈油彩
脸挨着脸，手牵着手
奔跑奔跑
越来越远的大海

立秋后就要打草了
为你以前所有的哭泣羞愧吧
盛开的花朵捆扎在草垛里
我凝视过其中的某一张脸庞

高速公路上的后悔事

高速公路是一个架空世界

青山对你迎面撞来但那只是幻觉

夕阳是一粒樱桃伸出右手你就能摘下

转过山脚，晚了

它已变成溅泼出的果汁

高速公路是一个架空世界

景色美丽，一闪而过

不远处有村庄

但你无法知道谁在那里生死歌哭

车从城市边缘滑走

乒乓桌上的擦边球

有时会急刹——

路面有只被碾死的黄狗

像一卷随意扔着的抹布

或者猫，或者真撞上一只小鸟

一个女人跪扑在紧急停车带栏杆上号啕大哭

她身边没有车——她怎么会在那里

一只瘸了左前腿的狗沿着我的方向跳着走

胆小、瘦弱

悬着伤腿，马上就要进入隧道

女人大哭时我可以停下但我没有

狗狗瘸拐在路边我没有停下因为我不能

自那以后我不知想起多少次

我好后悔

我好牵挂

记梦

"有个老头真不差

最重要的是他自己敢把自己夸"

这儿歌是从哪里来

我在梦里大声唱

无忧无虑，坦坦荡荡

儿子背着书包要出门

书包后倒垂着一条长裤

两条裤脚用衣夹夹在书包上

追出去，我问：你干什么

他说裤子还没干

走着走着就干了

我的车变得非常非常大

白色车轮有我两倍高

我要先爬上左前轮

再踩着车轮到驾驶座去

我有一根绿色攀援带

我拽着这根带子使劲往上攀

朦朦胧胧有个人在旁加喊加油

我的女友要我陪她去打"砣"

这时响起一个女旁白

"打砣就是打甲鱼"

梦里我也记起来了

我曾多想去看人独钓寒江雪

我要穿得漂漂亮亮陪她去

三次到卧室换衣服

三次进去的卧室都不一样

越来越明亮

午睡一小时

醒来记得这么多梦

灰蓝光线如细雨

一只手握着笔

笔尖朝着我沙沙写

"这地方我以前一定来过"

不，你从没来过

真的没来过吗

你的大脑不是你的心

它时常骗你

你也时常骗它

那是一首什么歌

发动机把蜂群在油菜花上的轰鸣降了八度

叮——汽车已经发动

燕子尾巴剪开天空

我踩下油门，剪开道路

叮——钢琴弹出 E 调的 Do

一滴雨砸在前挡风玻璃

她见过一场雨真只有一滴

太平洋其实也就只是一滴水

有段时间她每天听很多遍

那首歌，第一句的起音

音色、音高，都太像这一声叮

那首歌会咬人哪

听它和唱它的人都被它咬

你玩贪吃蛇游戏吗

一首歌会无限长大，永不餍足

频频发动汽车出去

道路也像贪吃蛇随远随长

车轮底下的路啊

憔悴、柔软

常常转弯，常常折断

蝉

夏天
森林在风中起舞
绿色的大海坼裂

集合着蝉的黑舰队
那些为爱赴死的蝉

无惧深渊的入口
它们已经爱过了

只有漫长漫长的童年
和一个轰鸣着爱的夏天

这是最完美的生命设定
没有腐叶一般的老年

哭路

你哭的时候手里总端着一个蓝塑料桶

它会接住那些向你扔来的白石头

为什么哭

为什么哭

扑通扑通落进蓝塑料桶里

是不是已有人规定

哭就必须交待理由

哭并不是哭泣者的通行证

你今天违规哭了

是啊，哭过后眼睛有些酸痛

往最远处望

刚下过雨的青山升起一缕缕白烟

啊谁从天上伸着看不见的手

捻着一根根的白羊毛绳

可不可以像捻羊毛绳一样用手捻一条路

不需要规划局批准

不会移动一棵树

细细白白

随捻随长

宽窄容一个人走就行

我啊，我也捻了这样一条路

条条道路通罗马

我不去罗马

我小时候爱笑

我小时候爱笑

笑起来站不稳只好往地下蹲

很多时候知道自己笑得不对要犯众怒

我只要默念一句：舅舅死了

心中一凛立刻就能不笑

那时我的舅舅真的已死

所以这一句成了我止笑的魔咒

我也常常假哭

不知为何最后都变成了真哭

但假笑不会变成真笑

如果一直假笑

最后也会变成真哭

也万万不要把不能自拔视作真爱

愿你离开那些让你不能自拔的事物

太强烈的光如同黑暗

没有影子

没有荫蔽

苦肠子

草原上每一只羊
都有一根苦肠子

每一颗莜面疙瘩
名字都叫苦力

有一只乌鸦栖落
必有一只喜鹊飞起

牧羊鞭一甩响
就有喇嘛念经

问一问马头琴啊
都曾在红月亮下呜咽

太阳当空的时候
也有山头黑着

逃到天边的影子啊
还是被乌云追上

是这个鹿啊

我常常糊涂

我不是鹿又不可能不是鹿

我用力一挣

当他们想给我戴上耳牌

那绿色的塑料片

标记着鹿苑里所有鹿的编码

我用尽全力瞬间腾跃

蹄小劲大加速只需一秒

他们控我不住

我砰地射出像一颗流弹

我的耳廓缺了一大块

他们再也无法给我戴耳牌

他们再也无法给我做标记

我出血没

我痛不痛

不记得了

我蹦蹦又跳跳

依然在这水泥栅栏的鹿苑里

他们伸手喂我吃苜蓿草

我吃

也顺便舔一舔他们的手

那汗里的盐味

我还是不是鹿

喝过鹿妈妈奶的小鹿

绝不能忍受被人摸

鹿的野性只需一口鹿奶就得到继承

我落地

还没挣脱从妈妈腹里带来的血衣就被人抱开

没吃过我妈妈一口奶

妈妈的乳头嗅都没让我嗅一下

他们喂我，抱我

夸我美，眼睛天真清亮

我的兄弟

吃过妈妈的奶

踢伤靠近它的那个人

它早早地走向了另一处

林中风

起风了

我跑向树林
山的南坡

那棵枫香树
整棵都摇动
树根也摇动
在看不见的地深处
挣得要进裂

天空也要崩散
哗哗、嚓嚓、簌簌、嗖嗖
闪忽
脆响
四面八方
那五彩的玻璃屑

樟、栎、朴、榉
纷纷半黄落叶

带着虫孔

飞矢簇簇

如日子

看都没看清

过了像没过

而枫香落叶

慢

旋

转

滑着自己的时间线

它

在树林的秩序中

申请缺席

我

一次次把疯了的风

锁在心里

为逃避辩护

逃避

请让我为你辩护

感谢你两个字都是大长腿

我会在许多事物面前

突然转身

悄悄

跑、躲

一次次

有时，也感到羞耻

人多

我逃避独木桥

大雪

我逃避脚印

逃避一堵完整的墙

也逃避

给不出答案的问

小时我喜欢躲猫猫

现在也同样

为了

不被找到

迟一点被找到

但我总逃不出一个界限

只要我母亲说

"我不知为你流了多少眼泪"

苦

不用吃很多苦瓜

已经很苦

不能说出的苦

若能变成一排排铅字

齐刷刷跑上草原

苦字花

会一下铺到天边

苦若是桑叶

就把蚕的浩浩大军

铺在苦上吧

一小口，一小口

请啊，请咬啮

沙沙沙沙

苦是可以吃的

有人摇动着永恒的沙锤

你一定听见这响

遇雪

雪有灰烬之美

它藏起自己的影子
假装自己轻

它什么都不写
铺好纸
让别人写

它假装自己不曾是火
火之前
不曾是树木
树木之前
不曾是花朵

它假装自己不曾是水
如珍珠
当那人用柔软的唇
将它含住

沅江

白鹭惊起时慌慌的
女人喊你时声音碎碎的

他唱着野山歌痛痛的
你要去的渡口
那里的青石板空空的

野鸭子生蛋青青的
风吹着野苇火
野苇的灰烬白白的

沅水流得笨笨的
它的声音是低低的

草原

不到草原

不知山真比草低

云也比草低

太阳比草低

天，低到草下面了

不到草原

不会知道到了下午

露水还好好地藏在草里

不到草原

不会懂喇嘛为何在烈日下

坐在山顶为满山牛羊诵经

明天牛羊要被送走了

让我为你撑一会儿伞吧喇嘛

请为牛羊们多诵一遍经

大风里要有自己的安静

在大风里要有自己的安静
在大雪中要有自己的芭蕉

鹤随时可以飞走
草偃
蒲公英花伞一触即散
我要将它稳插瓶中

飞蛾扑火只需一刹那
日日樱每天都盛开
花的哑默里藏着自己的变调
黄栌和枫香十二月都会有红色裙摆

你爱的是什么
你就是什么
悲伤是宽广平坦的大道
但我独寻秘径
追逐一种不能辨识的花香

倾空

脚踝纤细

腿肚紧实

我的吉普车

驰掠大地

在一截若断若连弯弯曲曲的线条上奔驰

起点与终点都已注定

仿佛两岁男孩初握铅笔

笨拙地在白纸上一画一顿

线条茫然而又狂野

落笔时突然

终止时随意

力重时把纸戳破

力轻时几乎留不下痕迹

她找寻什么

烟雨山野

白色木莲花颤鸣

像一段召唤不出的悲伤旋律

花开是为了美

花开为了被看见

花被看见才会有种子

但你不能有人爱就感恩

无人爱就隐形

你啊

找到你，回到你

再倾空你

大风

大风吹了一夜

我听见各种怪叫

我躺在床上直到天亮

没有睡

也没有醒

上午十点半

我起来了

窗外一棵金桂被风折断

从膝盖处

被击碎

这有违力学定律

和我的生活常识

狂风易摧折树冠太大的树

这棵金桂

冠如团伞

枝干紧实柔韧

像倒立着的胡椒碾子

下午三点

我看见倒在地上的金桂被抬走

像抬走一个倒下的人

不，我不能睡

不不，我不能睡

这一天二十四小时的每一秒

我都要想着你

万一我太累

睡着了

梦里每一秒也要想你

假如我的梦不听话

拐了弯，像那条灰白小路突然消失在榉树林

那我就做一个盗梦者

拽着你一起潜入我的梦里

我在梦里看你

你像炸裂的蒲公英

我像飞散的魂魄一样想你

喝了一碗鹅汤

想尝尝鹅菜的味道呀

白米粥里放点鹅菜多么清香

用粗陶的锅子慢煮着

田埂上挨着鹅菜长的是莎草和马绊筋

我抱过一头吃鹅菜长大的大白鹅

它结实、沉重、雪白

带着暖扑扑的尘土气

那时在菜园里

萝卜缨抖了抖细手掌一样的叶子

这只公鹅，用力把我一蹬

我站立不住差点儿摔倒

喝了鹅汤身上就暖和了
深秋的雨凉转寒了
抱大白鹅时我像抱一个男子
我赞颂它美壮有力

然而喝鹅汤的时候还是喝着鹅汤了
同样虔诚地赞美鹅汤清甜的啊
一只碗就这样满了又空了

吃火锅的人来了吗

总有一个地方

那里你不能去啊

但是这里没有门

你不用去就进去了

摆上桌一大盘刚剁好的鸡肉

吃火锅的人来了吗

在台阶上摔了一跤的人来了吗

灵魂出窍的人来了吗

被眼泪砸疼的人来了吗

像黑糖一样甜的人来了吗

每本书都只能读到第十页的人来了吗

天天想着自己会怎样死去什么时候死的人来了吗

白烛电灯亮着

白蘑菇帽子一样浮着

每个人面前的小火锅里

西红柿伸出了红舌头

活着才有一切哪
死了真的什么也不知道了吗
不知道的话
那也就并没有什么死啊

那个天天想着自己会怎样死去什么时候死的人
想告诉他，有一个叫"突然"的词多么可爱啊
比"突然"这个词更可爱的是"不知不觉"
比"不知不觉"更可爱的是"视死如归"

大落地玻璃窗外绿莹莹
芋叶们在那里招摇
我拿它来煮汤吧
我拿它来插花吧

如果甜不能吃还有什么可吃

好吃的东西都甜

红薯悬在屋檐下被风吹甜

收割后稻田里稻茬秆好甜

巴茅草的白根那女孩子嚼

她做了母亲后乳汁甜

人和影子分开睡后做的梦甜

百分之七十五的黑夜加百分之二十五的月亮

做成巧克力好甜

苦舌头上的毒药甜

空衣袋里还藏着一点点羞耻

那一撮碎星星的尘屑甜

挨过你衣角的那只手甜

全心全意爱不了解的人

用尽全力抱紧不存在的人

一触即燃的水啊

好甜

和谁一起看拂晓时的月亮

我一定要说的话

是关于那只撞上玻璃的鸟

夜晚有人不肯拉上窗帘

那树枝一样的灯让我撞上玻璃了

月光下她的脸是蓝色的

困惑的女人在窗玻璃上留下三根羽毛

不要让你的眼泪只为自己流啊

梧桐树的叶子越落越快

叶子坠落时的金色弧线

我也曾飞出来过

揪着我的尾巴把我从梦里拖出来

一起去看拂晓的月亮吧

月亮冰片一样清冷

指着月亮的手指暖和

瀑

瀑布是一个女人

有你想象不到的力量

当她是个小女孩

红桦树根旁

青苔下渗出第一滴水

当她是少女

小溪

长成妇人

银河丰满

白猫脊背柔软

她不急不慢

明眸闪闪

笑着喊甜，喊咸

不喊苦

苦啊，越来越沉的乳房

高高挺翘

藏在衣服底

扣子扣得紧

一部分渗入地底

努力咽下沙石

路过的草

不弯腰就可以吸吮她

太阳烧灼

她细瘦

有时从云，或雨

她找回一点自己

也停留在巨石的缝隙

感恩着收留

清甜，安静

在山的影子里睡去又醒来

知道自己的脚踝

容易在巨石上碎裂

如线一缕
还要往前奔

她闭着眼睛
穿过黑夜与黎明
多少次
她看见夕阳变成奔涌的金流
跃身跳下天空的悬崖

她的天空在哪儿啊
那致命的一跃在喊她

把碎落的水都捡拾起来吧
浩大吧
所有伤痕都抚平吧

拔出脚跟
扑下来了

剥板栗的时候你在想什么

风突然停下来

晃一晃头

变成烟雾白的芒草

蒲公英心肠如果突然变硬

翅膀就变成针

板栗刺球抱着自己的板栗

炸裂了也紧抱

刺尖都对着外面呢

要是有人爱它

鲜血淋漓也爱

它的刺会不会变软

变轻

像蒲公英种子

一吹就飞走

从没有见过只包裹一颗板栗的板栗球哪

两颗，或者三颗

紧紧挶在一起好呢

还是孤单一颗长着好

紧挤在一起就不孤独了吗

人，是越老越骨头硬

越老越心肠软吗

板栗刺球老了更扎人

可是剥开刺壳

板栗烤出桂花香

多么软，多么甜啊

北斗

今夜北斗星柄朝着东哪

七粒星皆熠耀

七粒星皆是你的名字

我喊它们喊得这么痛

不知它们被我喊痛了没有

它们会不会也颤抖了一下

如烛火被风吹得更亮

我请北斗星用大勺

多舀去些我对你的爱

舀去吧舀去吧

再舀些再舀些

舀出去的请不要倾倒到地球上

它们会变成雨

云和露珠

或者眼泪

重新回到我心里来

都倾倒到银河里去吧

让银河去涨吧

我的心有裂隙三千

我有三道铁箍

箍扶得住这心的裂隙

阿尔泰向日葵

天上只有一朵向日葵
阿尔泰的向日葵成林成片

向日葵长得最饱满的时候
头垂得最低
脸上的光芒藏起来
眼睛收敛了所有星光
只看见棕黑的瞳仁

天上的向日葵也一样
饱满就低头
低到地平线

阿尔泰的向日葵是机器收割的

需要一双双人手

再把它插在向日葵秆上

仰脸向天

它们站立的姿势

是一根根直立的火柴棍

顶着焦黑的火柴头

阿尔泰山晚霞

阿尔泰山的大盘羊转场的时候

阿尔泰天空的马群也转场了

傍晚八点十分

亿万匹红鬃马奔涌上天空的牧道

血色的风扑过天空

云朵落叶一样被踏碎了

暴烈的金红河流

嘶鸣起来

此刻阿尔泰山谷里

也汹涌着一条棕黄河流

挤挤挨挨的大盘羊转场

如河谷中累累相叠的鹅卵石移动

牧道上腾起尘土的絮片

仿佛黄雾弥盖着河面

黑巾蒙面的牧人

驱驰着摩托车追赶

系了红布条的鞭响

火焰一样燎过羊背

怀孕的母羊走得慢

一只小羊跪下了前蹄

牧人呼吸粗重

他听见了小羊的哀鸣

他的黑面罩下

有肝肠寸断的表情

为着远方那一口水草

是谁驱赶着我们的命运

天上的马群啊

它们的秋季牧场在哪里

阿尔泰山脚下的牧道

一条被拉得长长的影子

天上的马群也奔涌过去了

金红的倒影投在阿尔泰山山尖

变成了温柔的玫瑰灰色

吃什么

烧半只麻鸭

我用了陈皮、老姜

65 度汾酒、花椒、桂皮

这是二姐姐养的鸭

孵出就有软脚病

天亮放鸭出埘

天黑入埘

二姐姐抱进抱出

又软又暖的一团

七个月

六斤七两

杀掉了

二姐姐说

这只软脚麻鸭特别会叫

声大，像一个人嘎嘎大笑

我迷惑于造物主

北极熊吃活海豹

撕开皮只吮吸脂肪

蝙蝠吃花蜜、果实

青蛙、昆虫

蝙蝠也吃蝙蝠

植物并不沉默

番茄被折断时会发出尖叫

烟草快渴死时

一小时内会发出十五次声响

用人类的语言翻译

就是"痛苦"

只吃太阳和风行不行

能不能吃忏悔

我们伸向餐桌的筷子

每一次选择

都关乎着生死

剪刀与我

花朵凝视剪刀
咔嚓咔嚓走

拼命逼出身体的芳香
像焚一张纸

蜷起皱皱的黑边
灰白部分
轻而不能一触

夜与昼
剪刀剪我
我拿剪刀

洪山菜薹

戴口罩的人把菜送到楼下

戴口罩的我把菜取上来

紫皮青芯的菜薹是刚掐下的

芹菜是从土里连根扯出来的

撕菜薹紫皮时我的右拇指变成紫青色了

削去芹菜根须时那冲鼻而来的芳香啊

我把芹菜茎紧贴鼻前

芹菜不是洋葱我又流泪了

四十天前我的朋友从武汉给我寄过洪山菜薹

我从未亲吻过我的父亲

父亲去世十个年头了
我呆坐一个下午
努力想着
记忆中，我从未亲吻过父亲
在他的生前

我亲吻我的孩子
当他小，童年
任何时候
身上任何地方
我亲吻，他总是咯咯笑
有时挣扎
微皱着眉头
带着一点点不耐烦

我亲吻我的爱人
用力
直到他嘴唇发白
再松开，像
咬开熟透的西红柿

我的父亲

我从未亲吻过

儿时，在熙攘的大街

我骑父亲的肩

伸直双臂

高喊"驾，驾，吁——"

兴奋地在他肩上跳跃

他背着我往医院跑

双手反兜住我的身体

我高烧，迷迷糊糊抱怨

爸爸，慢点儿跑

你的背好硬

颠得痛

最后的日子

父亲进了 ICU

哀求医生每天让我看父亲一次

父亲说，一身碎痛

我用双手垫在他身下

直到医生赶我出去

他轻

像一条干枯的河

我带梳子、毛巾、剃须刀进 ICU

给他梳头

额前到脑后，一遍遍

轻轻啊轻轻

一缕烟云

父亲上了呼吸机

上唇的胡子刮不到

我帮他把下巴上的胡子剃干净

父亲婴儿一样笑起来

下巴颤抖

柔软

那时候我为什么没有亲吻您

父亲

在您的额、脸、手

您婴儿一样的笑容上

现在

在虚空中

亲您，您能不能知道

春

在鸟鸣比刀刃还锋利的春天

她祈求乌鸫鸣叫时音量小一点

下午的叫声能不能比上午的暗淡一点

明天的叫声能不能更软一点

她祈求红梅落下时花瓣不要那么白

如果红梅只能落白花瓣

她祈求它们像雪

能捂紧在胸口慢慢融化

她祈求风跌跌撞撞奔向树林时不要哭

风一哭就软脚

最粗的松树都扶不住

她祈求至少有一个树洞能让风躲起来

哭声也应该有一间自己的房子

是怎样、为什么、怎么办

这就是一切的归结

她以为自己站稳了地

摸到了天

母亲节

甲骨文的"母"字
是一个挂着两只沉重乳房
跪着的女人
我的母亲是跪着的泪水

我母亲的乳房是两滴悬着的眼泪
是日夜滋淌泪水的沙漏

世上哪一位母亲的爱不是雨层云
碎雨云
有时是雷暴云

它们都是泪水

我吮吸我母亲的泪水
长力气，长筋骨

我母亲跪着
她不是奴隶

我哪里知道母亲的乳房沙漏
会有滴空的一天

我只知道，从她的头发开始
母亲的色彩越来越淡了

母亲的泪水，一滴一滴
现在，变成了我的泪水

数星星

谁在寒冰的夜里数过星星啊

一颗星亮着是寒星

无数星亮着是星幕

银河漫向宇宙边缘

地上的人们沐浴了

谁在寒冰的夜里数过星星啊

悄悄熄灭的星谁会发现

扫进夜的角落

那些青灰色的碎片谁会发现

但有一颗星隐去所有人都看见了

有一颗星隐去

埋进夜的犁垄了

地上的人也亮起来吧

带着你们的声音亮起来吧

写给武汉的朋友

开始

我拍花给你看

一朵绿梅就像一个奇迹

后来

我爬上山顶为你拍夕阳

你看，光芒挤进了灰暗

傍晚的鸟声是玫瑰色的灰泥

一点一啄，啾啾唧唧

能不能

有没有

补好一小段你心的裂隙

再后来

我只能给你看一双祈求的眼睛

羞耻啊

眼泪并不能为我辩护

但我依然伸出我的手——

如果能将怒坠在你城市的雪

织成温暖的布

汨罗江

你从不写月亮

只在《天问》里问过

"夜光何德

死则又育

厥利维何

而顾菟在腹"

你的马疲累

奔走山川

却只有一条永不能返回的路

你佩戴兰

当宗庙烧焦变成灰烬

你把一条江

永远变成了你

没有人能不在俯向这条江时

看见你

当我们把手伸进这水

没有人能不哭

因为你流过的那些泪

若把这江

竖成一道梯

蓝而柔软

你这投江人会缘梯而上

攀上月亮吗

你会惊叹

原来楚

是在一个叫地球的星球上

这星球像一个蓝色橘子

楚

是橘皮上一个小得看不清的

泪腺点

但这是你唯一的地方

供奉着你全部的热爱与忠诚

你嶙峋的胸腔里

建造着楚的祭祀庙堂

心脏深红

宗庙深红

为什么不断有人要去征服

你怎样看两千多年来

人们为你写下的那些诗句

有的蘸着与你相同的血泪

有的仅仅是用笔

夜

农历十七了

月亮还这样红圆

像一个战栗的吻

小蟹轻如影

沙滩上有神秘足迹

缝衣针一样

深

直

细

是谁在缝

谁在走

谁在痛，在藏

告诉我

为何？怎样

能缝补浪吗

为何要扑向岸

挣脱大海

难道就为了

崩溃

而海

日日夜夜

守着岸

徘徊

种下椰子树

种自己在海岸

她要快点长
长得高
高过她和海之间那片松林
眼睛望得到海

她要倒向海

结椰子
椰子再落进海

椰子会再上岸
在海的另一边

又会有一棵椰子树
倾着身子，望海

圆月

每次月亮一圆

我就拿起剪刀

剪一片圆圆的白纸

三岁时看见过的那个圆月

三十岁看见的那个圆月

六岁时指过的那个圆月

六十岁将要指的那个圆月

剪下的一张张圆圆的白纸

并不多啊

都摞在一起

也只有薄薄的一沓

仿佛月亮只圆过一次

从我看见月亮起

就只有过一个圆月

是真的吗

每次月亮都圆得一模一样

我和我是一模一样吗

我还能剪下多少纸月亮

月亮在骗我们

它用光亮把我们悄悄推进黑影里

我们知道可是我们又忘了

海

海是最大的窗
她向窗外望

粼粼碎光
起伏荡漾

她未发声
已失语

眼睛不能书写
舌尖也不能碰触你

如何在刀尖上跳舞
在虚空站立

当海水撞破玻璃
脚底的沙子被淘空

降维

为看懂诺兰的新电影

你向我解释宇宙的十维

我们世界的三维

以及

时间

这慈悲残忍的一维

接着你解释

刘慈欣《死神永生》里写到的

降维

我盯着你

你有瞳孔

虹膜周边无数金色的放射线

这是宇宙大爆炸时被解散的

第几维

我心里

紧紧卷压着一条黑绸裙

会不会是

宇宙中还没被解散的

另外六维

当然蝴蝶是三维

而蝴蝶在水中的倒影

是第几维

庄周梦里那只蝶

是第几维

蝴蝶一生永远喑哑

这样的喑哑

是第几维

你爱我

是不是只有一维

春三月

水汽何蒙茸
酉水河边的空舟
有渡不得渡呀

水浪拍船的声音
哗哗地响了

岸边孤生的野油菜花
没人看见也会结籽的吧

不渡啊不渡啊
白鸟叫喊着飞走了

把你丢失了

秋走到最后一天

我一松手

像拉到极限的橡皮筋

秋弹回去

从第一天

它又开始

把你独自留在秋里了

你一个人重看一遍橘子黄吧

要认真看啊

橘香也是迷人的

叶子表面还绿

长在枝上却没气力了

我不跟秋天一起弹回去

我独自走进冬天了

第一天的冬和最后一天的秋并无不同

我望一眼自己

又在羞愧中转过脸去

我真看见过秋天吗

我认真看清过哪一样事物

在冬这一边我依然向你呼喊

秋——你——

我的声音四散了

秋也在这一声呼喊里四散了

谁能说清楚那些叶子最后都去哪了

有没有人藏起了其中的一片

金褐色的

永不腐烂

我把你藏好了

也把你丢失了

夕阳

只有一种火是不用救的

那是夕阳的火

只有一种火可以用手捧起来

离心越近

越柔软

只有一种火能救水

使水生翅

明亮

歌唱

没有比秋刀鱼更好听的名字了

愿世上的刀

像秋刀鱼肚那样软

如你纤手

秋刀鱼骨那样细

如你穿针时的棉线

秋刀鱼脊那样

淹一痕不褪的海水

如你的眼含泪

这世上的刀啊

愿都能像一尾秋刀鱼

被你放进平底锅

微蓝火

黄油蒜末

煎得它香脆

两株桧柏

一样高

一样直

火焰的身体

绿裙衫

一棵长在南山脚

一棵长在南山腰

鹿仁寨的小伙惹真波

骑黑马来到山脚下

南山脚这棵好桧柏

砍下来雕个好菩萨吧

好菩萨

有一张他心里姑娘的好脸儿

南山脚的桧柏树

梳头发的手软啦

月亮的银镜子

照见她了

寨里的小伙惹真波
骑黑马爬到南山腰
山腰这一棵桧柏树
比山脚那棵更年轻

雕一个更年轻的好菩萨吧
他心里爱的姑娘
是寨子里十七岁的无素子

砍下山腰的桧柏树
雕出了世间最年轻的菩萨

南山脚下的桧柏树
那天夜里枯萎了

雕菩萨的每一刀
滴血的是山脚那一棵呢

草木的命
痛，说不出

张家界天下第一桥

东峰望着西峰

离得最近

隔得最远

好多年望着

他好孤独啊

我要陪他

东峰陪西峰一起看了多少落日

太阳下去

总是东峰的脸先隐没在夜色里

下雪的时候

西峰的雪总比东峰的雪融得快

西峰的体温一定比自己的高吧

有天夜里

东峰向西峰伸出自己的小拇指

悄悄伸向西峰的小拇指啊

一触到西峰

就被西峰的手指头紧紧勾住了

这是发生在四亿年前的哪一天啊

刹那还是永恒

你们以为是一座桥的

其实只是

拉钩上吊

亿亿年，不许要

女儿

抱紧她
又把她轻轻放下

呼唤她
像呼唤一束羊脂玉的光

盛开时有阳光的霹雳
行走时有火的风轮

笑起来黄河为她清
哭起来黄河为她黄

和大尾羊同在山坡嬉戏
为万水千山外的一个人离魂

孤独使你汁水甜蜜
两棵植物间也有不可逾越的距离

懂得心碎就懂得痊愈

活在泥土中的污垢

都能在水里洗清

百合盛在银碗

月牙嵌在天心

云与男孩

天上的一朵云

爱地上的一个男孩

男孩常常一个人玩

云悄悄陪伴他

男孩独自在湖边踢沙子

云把脸藏在湖水里

用湖水回荡的声音喊他

男孩看湖水

又看天空

两个叠在一起的笑容

太阳晒男孩

云就变成一把伞跟着他

如果男孩是一棵小梨树

云就把属于自己的每一滴雨给他

有天男孩站在树下哭

云想变成一条白毛巾为他擦眼泪

它飘下来

还没来得及变成白毛巾

自己就忍不住也哭了

男孩站在树下

突然淋了一场柔软的雨

关灯时刻

黑暗中看得见闪亮的事物
但是眼泪看不见

别的人咬牙忍泪
她只轻轻咬着心

月光下那棵梨树亮着
她在白天久久看过

那时有风，众树摇晃
独它稳住了

稳住啊，眼中有泪
不能落下

吴满金与龙先兰

她笑，火塘一下子生起了火

小火苗在脸上哔啵漾开

她笑，眼角像细叶芹一样舒展

银耳环满月抱着新月

左手无名指一朵山茶花金亮

她一直笑

泉水鼓溢想要站起来

她身边坐着的男人也笑

抿着嘴，低着眼

溪流里的水光啄咬阳光

十四岁他成了孤儿

雨雪漫飞在破祖屋外面

也漫飞在破祖屋里面

三十岁他蜷睡在堂屋最靠里的墙角

像一堆散了捆子的湿柴

夜夜喝醉，也冷

夜夜喝醉，也想念远走的母亲

你看到相亲大会时

低着头落单走在最后的那一个了吗

他有好力气

一口气做了十八个俯卧撑

那时大雪初融

紧接着飞来春天第一只蜜蜂

养蜂人、阳光、花朵和蜂蜜

这中间有一个美好的隐喻

你若退远些，再退远些

站在蓝天高处往十八洞梨子寨望

那就是一只金蜜蜂栖在山茶花上

带着嗡嗡的激情

母亲节

傍晚

窗外的青山退远了一点

今天下了温热的雨

穿短袖了

正要关窗户

突然想到

母亲现在身体很好呢

这一刻

眼前什么都明亮起来

觉得自己好幸福

虽是真实的心情

说出来也会让人笑话吧

白马

梨子寨对面崖壁上有一匹白马

要说起这匹白马啊

千百年来

它隐身崖壁

身躯里悸动着沉默

鼻息里咻咻着哀愁

它眼睛里总蒙着厚厚的雾

你见过那雾啊

是驱不走的饥饿与寒冷

它的蹄下没几分好田地

秋天总是如此贫瘠

寨子里的吊脚楼破旧欲颓

年轻人离开了

把一卷卷旧铺盖吊寄在村支书家的屋梁下

像一个个寂寞的鸟巢

越来越空的寨子

只有裹着褪色青帕慢慢爬着石阶的老妇

只有打着赤脚从学校回来就再不去上学的孩子

要说起梨子寨对面崖壁上的白马啊

说起那一个神奇日子来临

寨子里坐下了尊贵的客人

春风浩荡在十一月的梨子寨里

宽坦的路从遥远的地方伸了进来

陡山坡上开出了新茶园

妇人们曳着苗歌的长调绣牡丹

梨子寨有了大地上最甜的蜂蜜

说起梨子寨对面崖壁上的白马啊

桃花燃烧

它的眼里不再有雾影

蹄子金亮

奔跑啊奔跑

喷着银子的鼻息

南风古灶

此刻它从山上探下身子

这火龙安静匍匐

仿佛熄灭的闪电

有时在它的胸腔

火焰依然嘶吼

大海也压低了回声

进入那狭小的入口

那火的炼狱

找寻啊，找寻到我的爱人

那时她肉身辗转无依

被烈焰的旋风裹挟

她的灵魂冰裂

在那一千度的高温

不怕啊，不要回头

无非是交出我们最后的柔软

最后一丝水润

无非是在颤抖中碎裂

你和我又掺和在一起

重回到泥土

可是当火焰终于清凉

那龙尾高高擎起榕树大伞

你是一盏紫釉灯台

我是一只绿釉水罐

我们干硬坚实

满身裂纹

却再无缝隙能渗出泪水

佛山祖庙端肃门上的月神

如果没有太阳

月亮怎么办

如果它不再是一面发光的镜子

嫦娥要坐在哪一块石头上梳头

它如何能在夜晚驰过天空

如果它只是一匹黑马

那么多星星将成为路障

嗒嗒嗒地叩击着它的马蹄

幸好太阳把暴烈与焚烧留给了自己

把柔软慈悲留给了它

女人们更愿意对着月亮叩拜

当灶火已熄

衣服收叠好

碗盏洗净

深夜无人的瓜棚下

女人们久久地仰望它

如望见自己的泪眼

假如它真是一只白兔

被捉到笼子里关起来

啊不会

它轻巧地逃离

落在了佛山祖庙的端肃门上

女人们保护她

给她穿上自己的衣裙

戴上自己的翠镯

满身璎珞

她眉目含笑

嘴唇欲动

微微侧着身子

轻举着一只白玉盘

那也是

女人从自家厨房碗柜中拿来

十短章

一

你走来

布鞋轻软

拐角一棵鹅掌楸

突然一片叶子红了并颤抖

二

北斗星端端正正

一诺千金的样子

但是，看

七星中最亮的那一颗

悄悄向前移了一步

三

去年
捡蜡梅树的落花给你闻
你说：手指香
今年，对着虚空
我把这个动作又做了一遍

四

一片树叶与一片树叶相遇
有人听见了
一滴雨与一滴雨相遇
有人听见了
爱和爱相遇
有人听见了吗

五

今夜星星若草莓

我一粒粒伸手摘下

尽喂进你嘴里

你多么明亮啊

六

拼命燃烧了自己

不过是在你的孤独深渊

擦亮一根火柴

那光芒也是黑色的

七

狗吐着白沫

奔到山上嚼食黄连草

当我去寻你

八

不要束缚一条泪河
它会越来越坚硬
淬成一把银柄尖刀

九

在荒月下奔突
追觅爱人的时候
她并不知道
她的头发白了

十

不再有时日了
今天我看到了夕阳
那是一颗被人从胸腔掏出
又被远远抛落到山后的
永不再燃烧的心

我为什么插花

花瓶易碎

花瓣投下虚幻阴影

山崩海啸是天道

人若将一生泪水流尽

却仍必在最后

走一段更为恐惧艰难的路

难道也是天道

若不能最后美丽地死

神何在

神何意

插入青瓷如意耳尊的山茶花

盛开时一轮满月

凋落时一缕旧月色

我凝视

犹记剪下它时那咔嚓一声

黑月亮

人们赞美白月亮

当你隐去你的光亮

人们忘记了你

我对你大声喊叫

那时你正走到

猎户星座的阿尔法旁

来喝一杯黑蜜水吧

趁蜜蜂还没有全变成星星

地球上的女人也会为她的男人倒一杯米酒

当他满身尘土，爬下脚手架走回家来

你还有多远的路要走呀

在那沙漠一样浩渺的星座之间

你跑吧，赶你的路程

但我要把你必须经过的道路

卷成一个圆环

而我总在这圆环的某个点上

把你的名字
写在水上是聪明的

道路暗哑灰扑扑

把你的名字写在水上是聪明的

写在水上你的名字

一笔一画总有人看得清

有人喊：看！那是一个字

那里，还有一个字

水追水

浪叠浪

流淌在城市的自来水管里

涌动在小溪、大河与海洋里

你的名字滴答、澎湃又呢喃

水念诵

消逝又回响

浪花高涌又崩倒

大白羊和小白羊

倾躺在你的名字上

水清亮时你的名字是白星星

水幽暗时你的名字是黑星星

有时你的名字被舀进水瓢解人渴

有时你的名字溺死的人枕在头颈下

大江会远去

溪流会眠息

消逝了也很好啊

只剩下了岸也很好啊

树枝会以折断的声音喊你

夜

越来越爱闻这青树枝的体味

夜里滚动的石头

落叶带来风声

月光使誓言斑驳

在我的肩上

你写灰黑的甲骨文

南瓜怎样吃

摘下南瓜

就是在秋分那天傍晚

摘下那个坨坨然后挂在屋后檐的夕阳

要用牛胸肉上的白色脂肪

煎出牛油

油渣留在锅里

蒜末煎香

南瓜煎软

问南瓜怎样吃

其实是在问

在晚秋

一个人的夕阳怎样吃

其实是在问一个将老的人

秋天以后的日子

越来越大的虚空怎样吃

越来越多的冷黑

怎样吃

要煮得像金丝绒

香甜柔软

去吃

要风吹南瓜叶

听青铜琴弦的声响

去吃

科尔沁沙地

若沙漠是我的爱人

在八月初那个傍晚

遥远的天边

下着薄蓝的雨

我要侵入沙漠

趁云中迸裂出一道道光剑

驾越野车

我驰向他的最深处

越过峰丘

压上沙脊

蹚平沙刃

但我先放掉轮胎里三分之一的气

我的轮胎柔软

脚掌放平

贴紧

抓牢沙的柔软

沙峰的陡崖

如爱人咽喉暖滑的峭壁

我上上下下

攀爬俯冲

若摔出来

无非是在沙窝里翻滚

爱啊

沙漠干渴

永远皲裂着鲜红的嘴唇

写给昨天晚上的月亮

新月在西

残月在东

满月

是我丢失的一只羊

我曾追逐月亮

无论我奔跑多远

都不能缩短与它的距离

那时我恨不能拎起夜幕的四角

像系我的丝巾

把月亮稳稳当当

兜在其中

但我不再看月亮

哪怕它像一只小猫

对我挥动毛茸茸的手掌

哪怕它将月光

滴在我的手臂

如滚烫的烛油

现在我又望向它

柔声唤它

因为它在夜空步履艰难

它，不会游泳

却必须独泅大海

我正准备写

我正准备写

今天就变瞎吧

也许"听"会比"看"更少折磨人

突然想起

保罗·策兰已这样写过

我心里又冒出来一个声音

"这痛苦的肉体，

我拿你怎么办"

此刻我正撩开刘海

抚着左额上隐约的横纹

但这也不能写

曼德尔施塔姆已写了

我不能写"浮云游子意，

落日故人情"

那是李白写的

翻译成漂亮的现代汉语也不行

虽然我每天追逐落日

如追赶我的爱人

于是我起身，忘记诗

我安静倾听

等待

我知道

鱼粉店前那棵银杏树

也是直到寒冷的岁末

十二月二十二日，上午

当北风从西边天角往下挥舞它的大扫帚

那扫帚

银灰中带着哑光

就是那一刻

银杏树突然找到自己的语言

它发出声来——

不是金黄、橙黄、柳黄

而是一种把光收得很深的

温柔的明黄

废纸篓

现在已经没有废纸篓啦

除了书法家和小学生

人们不再使用纸

而我右手的拇指和中指还清晰记得

那摩挲纸面时金粉一样的触感

纸面有细小的舌头

散发着隐隐的苦杏仁味

我把房间里的垃圾桶称作废纸篓

藤编，敞口

时日越久颜色越深

每天我清理它

小心把它覆转

扣进垃圾袋里

再摇晃两下

几乎已没有废纸可扔

除了用过的纸巾

剥下的果皮

更多时候

我向它塞进拆快递后的塑料包装袋

这些塑料

当然，它们写着"可降解"

今天我向它扔进刚剪下的手指甲

淡白一弯新月

包裹在一张棉纸巾里

我不记得这是第多少次

太阳此时恰从西窗照进

我的一截影子也被折叠

扔在了里面

我往后退开

想把我的影子拉起来

废纸篓会不会有时觉得太重

能扔掉一些东西感觉真好

但总有些东西我们无法朝它扔

有些东西我们扔进去后

又把它们小心地拣出来

扔掉了什么

拣回了什么

这小小的见证者

以缄默记录一切

一碗面就像一朵花

一碗面在清早七点端上桌

宽宽的汤

白白的面

红红一撮剁辣椒

一碗面煮得恰好时端出来是一朵花

盛开在向阳坡一朵白芍药

但此时你站在面碗前接电话

美国大选

今年会不会有腊肉

某人半夜摔跤

然后又一个电话

等你慢腾腾搅动筷子

啊，那碗面

汤干了

花萎了

面收紧了拳头

一碗面曾像一朵花

万物曾为你歌唱

锁麟囊

她的锦囊里

还剩多少

探手进去

会拿出什么

——又一个春天

她惊叹

——花朵，都是新的

这个春天

——这粒珠宝

孩子吮吸着

一块冰糖

别吮吸呀，含着

——可已来不及

石菩萨

还原成了沙粒

消失

——从不给证据

孩子吹出

肥皂泡

——长长一串

透明的春天

你穿身而过

无知无觉

衣袖上

——就这样告别

烤出金黄的蛋挞

拿起细银匙

蛋冻从挞皮中剜出

忍住悲泣

她试试

剜出花朵

——从灰烬

听马勒

长笛就是温柔

长笛就是抚慰

马勒我的好马勒

有时我赞颂暴力

就是赞颂生命

摧毁、牵引

撞击、吞没

马勒你听

大爆炸一个时空原点

森林自己没入了黑暗

水沉进了铁

你听马勒

那格林童话

人类一切情感母题

从来没有推陈出新

都在宇宙森林

巨人朝天掷石

树杈骑着魔鬼

那扫帚星

那棕熊、小鹿

狐狸、兔子

抬着猎人棺材

行进

星与星之间

一朵朵大蓟花之间

千钧一发的藤

随时涂改的阴影

与黑与蓝与紫与白

看

小妖们捂嘴怪笑

不能完成合唱

宇宙，悬崖

马勒啊

万物奔散

有始无终

花蕾爆裂

然后才果实

长笛之后

八支小号站立

宇宙茫茫

难道

只有地球上才有春天

泡桐花

满城泡桐花是我的父亲

满城泡桐花是我父亲每个春天醒来

吹奏起一只次中音号

非常紫白

非常轻

有个春天他在窗下饮酒

我五岁

他用竹筷蘸酒我尝

我说——竹叶青

泡桐花影落无声

我问父亲

除了开花长叶子

泡桐树还能做什么

拿来做琴

没有琴就没有伯牙子期

广陵散是嵇康的骨瓮

酒狂非狂

醒复醉，古至今

泡桐叶比梧桐叶落得早

但没有我的叶子落得早

父亲笑

泡桐花也不结籽

泡桐花开得空空

快点儿到天黑吧

快点儿到天黑吧

急着到夜十二点

以浓茶送服一粒安眠药

第二天清晨

所有人又都少了一天

烟有轻盈秘诀

你分身出去

飘忽遥远

上桥

这河上不知有几桥

你温柔下脚

如怕踩瘦老人的背

几粒闪忽炭火星

天边山尖

心里

用力吹啊

吹大风

多吹出些星星

宇宙一盆炭火

别灭了，千万

别管我站不站得稳

她望流水

列兵一样整齐水纹

不映现你的脸

我与我即天涯

不要哭

人生如寄

光亮藏灰

刺藜藏花

快刀斩流水

离开要迅速

刚才是不是打雷

当我问

锤子停了

自那命运深处

紫藤

藤不紫

花紫

花应该紫

可有时往左

逃向蓝

往右

逸向白

命名的人

或漫不经心

或指鹿为马

藤

和人一样

刚生出的枝芽

像小婴儿

蒙一层雾的柔毛

藤老

反倒干干净净

与人相反

一律往右旋

止步

那很危险

靠攀援他物才能爬高

扪心自问

其实更爱匍匐地上

柔而韧吗

错

藤空心

脆

你怎样给它命名

美

而乱

是花教会我怎样生活的

花从不问为什么开

开在哪儿

开多久

给谁看

蜜蜂采蜜便采蜜

鸟来吃便吃

也被一把剪刀剪下

插进瓶里

我曾更爱高山上的花

人工无法培育

海拔四千米以上

绿绒蒿和小百合

人们气喘吁吁爬上去

只能做短暂停留

我最爱的一种

白色偃卧繁缕花

生在喜马拉雅北麓

海拔六千多米

那是古代的花

太阳也依照她的样子生长

她的隐喻——

美的最高法则

请远离

但今天我对所有的花道歉

我忏悔

花总是开了又开

并不问你对她爱不爱

我怎会生出分别心

现在

我的心静穆又宽广

盛得下所有花朵的盛开

承得住所有花朵的凋寂

雷

雷惊惶不定

在天上，没有地方能收留它

它不是一块煤

大地将所有煤深藏

云慌忙奔聚

它们来不及为雷垒好一堵墙

雷滚动起它的低音喉结

自喊

自应

哗啦啦的云

它命名为

哭泣

傍晚，有人在檐下望

燕子未归

雷击碎了天

雨停时已深夜

处处水光

她最怕湿脚

我见过一个人痛哭

另一人安慰

陪她默坐

把她抱紧

她却在院中疾走，又折回

青岩板缝隙长着蓑衣草

雨水细亮

如烛明灭

她重复雷在天上的动作

此时

柚子花橘子花樟树花

一起涌来

以立夏前的全部春光

拥抱了她

买

我什么都买

在我最软弱的时候

黑色丝巾，刺绣麻布靠垫

一个小牙签罐，仿古烛台

买下哑铃，竹编废纸篓

融化的冰淇淋，不爱吃的水饺

一打纸巾，一箱牛奶

裙子，鞋子，街角乞丐的讨钱筒

我以买主的身份走向它

买下我吧，其实我在说

买下我的软弱，怀疑，厌倦

我每时每刻必须做的不情愿的选择

买下我将有的眼睛下的黑圈手背上的斑纹

无法入眠的长夜

下巴流淌的菜汁

买下吧，买下吧

买下我无力移开的墙壁

网里唱不出歌的鱼

幽闭在碗盏中从未释放过的大笑

我必须咬碎咽下的石头

买下我的结局，我的开始

我盲人一样的命运

买下对我的怜悯，对所有人的怜悯

万物皆有归宿

哪怕一粒微尘

清晰地喊出我们的孤独

呆呆站在树林里

我向你告别

我看着你的眼睛

两朵烟灰色的雨云

那条小路的尽头

栾树挂满明灭的灯笼

一片树叶落下

树林悄悄发生了变化

　一棵树把另一棵树拉进怀里

簌簌落下了露水

多凉啊

过些天，露珠会变成白霜

就像揉碎的月亮

突然一只鸟叫了

清晰地喊出我们的孤独

鹿

一只鹿

平常它总是在我心头吃草

温顺地蜷伏在我胸前

但是它企图越过围墙挂在了铁丝网上

它会自行死去

鹿只要掉入陷阱

心脏就会爆裂

漆黑稠密的夜暗灰色的楼群

水泥砌的地

钢铁的甲虫

乌亮的眼睛四处闪动

一只鹿

出现在我的院子里

挂在了铁丝网围墙前

它不该将黝黑的楼群误作森林

它已死去

甚至不等待救助

这是一头真正的鹿

光滑的棕色皮毛

纯净天真的眼睛

自然的气息

你永不知道是否处在了危险中

你总会问

我怎么了

我在哪里

为什么会这样

但过失已经犯下

被钉牢在铁丝的尖刺上温暖的血液

开出遮蔽天空的黑色花朵

只有很短的一个瞬间

你清醒地等待着心脏爆裂

四月枞菌

刚下过雨
我跟着他上山
那里长着枞树，埋着死人
枞菌也长在那里

"去年吃了枞菌，今年又吃。
枞菌吃不完。"

"人也年年死不尽，也生不完。
观音菩萨劝人吃素，
年年把枞菌来送人。"

"吃了枞菌就再不想吃肉了。
今天是不是观音菩萨生日？
那里好多坟，你怕不怕？"

"我不怕。

小时我常一个人在坟边玩，

有次看人挖坟，

天黑了还不回家，

挖坟的人丢给我一块血浸玉，

是一个琮。"

"什么琮？" 突然他站住了

像一只狗

仰起脸皱起鼻子来嗅

"那边，我闻到了枞菌的气味。

那棵老枞树下。"

"看到一瓣，枞菌跟伴。

晚饭有得一碗了。"

他笑起来也是一双悲哀的眼睛

轻轻划开枞毛

他弯下腰去

　捏住根轻轻一提

枞菌的脚踝脆弱

"要是枞菌没被人找到会怎样？"

"牛把它们吃掉，

要不就死掉，明年又生。"

又下起雨来

雨比枞菌还古老吗

鸟叫

因为鸟老是叫，所以我哭了

也许是同一只，也许是不同的许多只

它们的叫声抓住我

就像它们的爪

抓住身下的黑色树枝

夜里，人们在灯下面面相觑

握住我的手吧

原谅我们这些孩子般软弱的人

因为鸟老是叫

在夜里，树林闪着水淋淋的绿光

鸟儿啊，它的叫声

就是我受尽折磨的灵魂

星星们

一颗星照亮过另一颗星

一颗星离得远

一颗星离得近

一颗星从不发光

但另一颗星知道它就在那里

一颗星奔走亿万光年

无声无息

死在去寻另一颗星的路上

它的光芒走完了剩下的路

一颗星软软的像棉花糖

一颗星碎了

满嘴尘埃

说不出自己的苦难

一颗星悄声说

把你的手伸进黑暗吧

不要怕

触摸我

你能活下去吗， 请向我解释生命

一颗星明白了

它只是尘土做的

山

你在另外的地方沉默

另外一个人望着你

一个人低声问

你说不出

山终于被云遮蔽

山把泪水大口咽进肚里

所以山里总会有银子一样的泉水

汩汩奔流

蝉

整个夏天

我感到所有的蝉在我的体内鸣叫

当我在山间小路行走

我迈不动步子

承受不了它的重量

仿佛一颗颗黑色的石头聚集在体内

它们的鸣叫

又顽强又狂躁

难道我就是紧裹着它们的夏天

丝一样的皮肤

一个巨大的不透明的茧

这些痛苦的昆虫

是否想以声音作为凿子

最终把夏天凿穿

桃花潭

他从不说孤独
只说对影成三人

后来
桃花上雨滴滑落坠到潭里
碎玉声响

牵马的人在马肚子下躲雨
这里有十里桃花万家酒肆

桃花
酒中飞出的蝶

喝酒的人忘了酒
天上的明月啊像一只白狐

潭水底下真好眠
如镜
漾一张笑脸
月亮载他走了

路障

大街上车声呼啸

我脑子里的念头横冲直撞

我设置路障

垒叠起白色石头

它们响起一片红色笑声

我是唯一被绊倒的人

一棵枞菌

谁也没见过枞菌怎样生长

轻得像一朵烟

突然，哪一只手把它从土里猛推出来

枞树吃了一惊

树影像合拢的伞

一下收到树根

光把镜子闪到枞菌前

提着裙角

踮着脚尖

轻轻望

鸟在这边唱，蝉在那边唱

山很深

天很高

蚂蚁走得急

谁年轻，谁老？雨又开始落

一棵枞菌

不知道太阳升起和太阳落下时

鸟唱的歌不一样

不论命运带它到哪里

它都信任

永无岛上的彼得·潘
——献给迈克尔·杰克逊

两剂毒药喂养我

一剂黑药

一剂白药

我的大门

被一只黑手推开

放出一群白狮子

把我的翅膀安在月亮上

浸在大河里

渐渐变白

收养大象和猴子

我允许它们

不漂白肤色

但我还是一个黑歌手

我声音犹如光滑的舌头

舔舐着时光

越舔越薄

像纱，像雾

我吃掉

永远在这里

永无岛的彼得·潘

我驱逐长大了的人

吴刚伐桂

吴刚从不问为什么要砍这棵树

永远地砍

这婆娑的美树

芳冽馥郁的伤痕

每痛一次

都在说爱，更爱

呈给他白皙光洁的胸脯

神速地愈合

求他

砍呀，再砍

吴刚扔下斧子

他口渴

他看兔子们捣药

兔子们把药埋在桂树底下

这是桂树长生不死的秘密

地球上有吴刚的远亲

那人叫西西弗斯

永远推一块石头上山

不要

不要老拖我去散步

不要让我在夜晚的树影里

撕扯那些叶子

听它们的碎语

我的肩膀只是沙土垒成

即使我的羊毛披肩

也抵挡不住这样的寒冷

因为无论有你还是没你我都活不下去

是我要的或不是我要的我都无法收捡

我总在口渴时打翻了水杯

我的双手像两只陌生的鸟

不知该往哪里飞

夜里我又跟在那黑衣女人后面

看她在拐角处

背风点一支烟

夜晚

夜晚总不像白天那么残酷

空旷、柔和、暧昧

混合着肉食动物的热量和气味

丽直起身坐着

这个世界鼻翼翕动

仿佛在做最后的呼吸

谎言碎片

空虚发肿的泡沫

她刚用热水喷头将它洗掉

现在她满身清香

坐在这个虚假的安全边缘

沙子

即使是沙子

每一粒也都有它们独特的面孔

闪烁着心碎的磷光

它们干哑的歌声

它们酷爱独处的天性

每一粒沙子

也许都倾心于另一粒

渴望一阵风将它带到爱人身边

紧紧挨着

胸脯贴着胸脯

骨头搂着骨头

仍然是独立的两粒

从上帝的指缝间漏下

或者被一双巨大的脚带走

沙子发白的面孔

如此安命顺从

我总是晒不干我的脸庞

站不稳我的脚跟

织物

最终我会用一块黑色的织物
把我真实的姓名层层包裹
收拾在衣箱的最底层

我要告诉我的女友
流淌的时间会幻化出最美的颜色
轻柔地覆盖我的忧伤和恐惧

我触摸过冰冷的岩石
它也有最不能言说的心事
藏在坚黑的岩核里边

我也学会了把自己
当作一张苍白的剪纸
啪的一声贴在墙壁

盐

她望着自己的眉毛

清秀整齐

她的左手

每一个指头上都有刀伤

她畏惧许多事物

冰凉汗湿的手

审视的眼睛

在哪里都无法驻足扎根

血液里洒了盐

凝滞得不能流淌

溺在生活里的女人

煮沸了的灵魂

犹如烹调一锅浓汤

她继续着梦想

手指尖会抽芽

锅铲柄开出白花

她转身端出一盘菜肴

在桌子上把餐具轻轻摆好

一首关于仙境的悲伤的诗

我一直最爱《爱丽丝漫游奇境记》

总把它放在我枕边

夜半，我睡不着

会随手翻到任何一页

读下去，读下去

啊，我经常看见一只没有笑的猫

但居然有一个没有猫的笑

你可以说"我吃的我都看见了"

你不能说"我看见的我都吃了"

你可以说"我得到的我都喜欢"

你不能说"我喜欢的我都得到"

你可以说"我睡觉时在呼吸"

你不能说"我呼吸时在睡觉"

到哪儿去，我不太在乎

走哪条路都没关系

但只要你走得足够远

就一定能到某个地方

小爱丽丝这样和我悄悄耳语
　温柔安慰我的悲伤
她知道我已走了很久很久的路
却从没能到达过某个地方

是路不对，还是走得不对
不是没有方向而是方向太多
有时我以为自己在奋力往前赶
其实却只在原地团团转

黑色糖果屋

捡白色的雨滴撒在地上
如果月亮把它们照亮
那是我们回家的路

捏干面包屑撒在地上
如果小鸟们不把它们吃掉
那是我们回家的路

啃，啃
谁啃我的小房子

风，风，天上的风
我有一间苦的黑色糖果屋

吃梦的女人

啊，吃梦长大的女人
能拿出什么摆在餐桌上

黄昏了
白瓷盘里摆几片薄梦
烤得焦脆，有点发苦
吃吧，吃吧
不知不觉天就黑了

数着月亮的脚印
月亮，你就是这样不忠诚
你踩着我的眉角走过
你又踩着别人家的屋顶走过

你给我餐桌上摆上白面包

又往别人餐桌上泼牛奶

你好像只有一条路走

你从没走过同一条路

你啊，吃着梦的女人

你还能拿什么端上你的餐桌

你的薄脆的梦

风一搅就碎了

孩子

孩子从来不去想为什么要捉蚂蚱

光着黑闪闪的脊梁

他在草坪上弓着腰

小手掌合拢成一个罩子

盲目地捉着蚂蚱

然后装在巨大的玻璃瓶里

那些翠绿的蚂蚱

徒然一纵一跃

草的颜色和蚂蚱的颜色浑然一体

但草仍然是草

它庇护不了蚂蚱

母亲坐在树荫下迷惑地望着

树荫把阳光又推远些

想想孩子的今后

也许会玩一些更残酷的游戏

不仅仅是把蚂蚱肢解

然后把它扔掉

雷电四短章

一

我在雷声后追赶
揪住他的衣袖
他许诺我最圆满的雨水
却向我挥舞利剑

挥砍着沉默的虚空
成一道道深壑
哼，雷声啊
我在缝一个袋子
等着收你的灰烬

二

雨的脚爪透明
他踩在我身上
留下斑驳脚印

逼得我大喊

别这样放肆

雨

你的践踏不是爱抚

你也不是蜂蜜

三

轰隆隆的雷声

亲切的雷声

一个粗犷的声音

惊散向我聚拢的黑影

我躲藏在雷声里

雨水光亮的羽毛

栖在我的额上

它有凉凉的尖尖的喙

四

闪电，你过来
让我揪住你银亮的鬃毛
我帮你理顺
又把它揉乱
我们一起驰骋

你银蹄翻飞
追逐逃散的黑夜
是我把你的脚指甲擦亮
可你并没有看见
花园里有个孩子

他的叫喊
就是套马的缰绳

葱油饼

当我突然想呼唤一个人

我会做葱油饼

　37 度的温水和面

那是他皮肤的温度

把面团揉醒

像你在清晨轻轻唤醒一个人

一只暖乎乎的小狗

在你手掌里打滚儿

那片金色的麦田

有太阳嗡嗡的声音

麦粒什么时候会从麦穗脱落

谁也说不清

铺上黄油、碎葱、细盐粒

一层层在你名字上封印

蓝色火苗的上面

升起一轮四周烘云的月亮

一个人的面容清晰地呈现

芳香像闪电被掷出

你痛得想哭又哭不出来

如果有一天

饼剩在盘子里

呼唤的人已走开

而呼唤的声音

还停留在空中

听鸟

夜鸟不安

凌晨一点

它还在鸣叫

不像是睡梦中模糊的呓语

踢弟哩，踢弟哩，弟哩，弟哩

它焦虑地呼唤

突然又松懈下来

推喂儿

哀哀弱哑的一声

我熟悉这只鸟

它的窝就在我家阳台

蓬蓬密实的忍冬花丛里

白天

我采摘忍冬花

用它和薄荷叶一起泡茶

我不知它那时在不在窝里

它是什么鸟

春天，它该生蛋了吧

不敢去打搅它

有时，一道暗黄的光掠过

像一块石头

噗一声坠入忍冬花丛

我知它回来了

听声音应该是只鹪莺

黄腹粉脚

编织的窝像一只口袋

春夜，月亮就像一枚莹白的鸟蛋

发着毛茸茸的光

如果我躺在床上变成了树

我会伸出我的根须

穿越坚硬的七层楼板

深入地下找到水

然后我生长

枝繁叶茂

鸟儿

我请你到我身上做巢

看我的手指

顷刻间绽出了绿叶

七月半，我接父亲回来

七月半

我相信父亲会回来

他起身赶路

踏着凉凉的露水

他身体那么轻

脚上旧黑布鞋早湿了

露珠上却没留下一个脚印

我知道要到哪个路口去接他

我知道他心里急，却还是走得慢

他老了

以为自己快得像风

却不知道其实像风吹动着云

投在地上的缓慢影子

不像那一年，他三十三岁

在桂林，夜半三点野战军拉练回来

母亲抱我在欢迎的人群中接他

鞭炮声里他冲出队伍

高呼着把我高举过头顶

也不像那一年，他四十三岁

下放在洞庭湖边

深夜给鱼塘布草

他的鱼划子倾覆在水里

差一点再不能回来

哥哥牵我在村头路口接他

星星又空又冷

月光一夜漂白他的头发

也不像那一年，他八十三岁
我们抱着凉凉的盒子接他回来
雪密密下
黑色盖满了山

七月半
我的魂也起身
我知道要到哪一条路上去接他
我会为父亲插一瓶莲
黄昏中漂浮的莲蓬
是为父亲点的灯盏

云把月亮卷走

哗的一下
云把月亮卷走
像浪卷走石头

云摔碎在天上
像浪摔碎在海里

安安静静浮出来的
还是月亮的脸呀

微微笑着
把黑花瓣撒下来吧
让大地柔软

这座山暗下去
那座山就明亮了
踩着软软的月亮
我跑到好远好远

一日又将尽了

暮色像一条灰狗

摇着尾巴

跟我往山上走

天越来越紫

山蹑着足

悄悄围坐到一起

风吹到远远的天边

一日又将尽了

栖在石阶上的蜻蜓

青灰色的翅膀还能飞多久

想着我脚上的青花布鞋

踩得越久越柔软

想着善良的人为什么总是苦难

想着狗狗突然抬眼望我

泪光莹莹的样子

我不理解狗狗

我也不问为什么

可是狗狗嗅过那根狗尾巴草

我也跪下来闻一闻

车过唐古拉

好菩萨

你皱着眉头，神色忧郁

过去的人能不见而信

现在的人

念一句菩萨都伸手向你要糌粑啦

看见我们

你笑，说

现在好了，我用沙漏给你们计时

世人哪，你信了爱吧

从天堂沙漏里流泻下的沙子

那么细细的一线

攥一把攥得出金子哪

我们是两个爱的顽童

忍住笑

假装很严肃地对视

但你眼里马上就跃出一只羚羊

真柔软

暖暖的气息嘘在我的手掌上

我们就这样修我们的禅吧

浑然不管窗外

菩萨的沙漏里泻下的金沙

渐积渐累

成唐古拉山啦

苦瓜宝宝想妈妈

黄瓜花落了

小黄瓜结了

像一条嫩绿的毛毛虫

南瓜花落了

小南瓜结了

像圆圆一个小灯笼

黄瓜花是黄瓜的妈妈吗

南瓜是南瓜花的孩子吗

黄瓜和南瓜悠悠地长大
黄瓜脆脆的
南瓜甜甜的

苦瓜宝宝也长大了
苦瓜宝宝想不通
为什么自己一长大
花妈妈就要和宝宝说再见呢

苦瓜宝宝想妈妈
想得自己苦苦的

菩萨是什么

菩萨是什么

菩萨是糖

给了你甜

它就化了

风是什么

风是迷路小孩

每条路都要试着走

哪一条是对的呢

太阳是什么
太阳是渔夫
垂下万条金线
把鱼钓到天上
变成云

我是什么
我是吃糖的小孩
我是迷路的小孩
我的影子是鱼
让太阳钓到天上去

蚌泪

一低头我就害怕失去

这疼痛一旦不在

我的呼吸还有什么意义

就好像那一只蚌

如果不是恰巧一粒石子

嵌入它柔软的心脏

变成它的病，它无时不在的痛苦

如果不是它的泪水揉搓打磨

如果不是最后那石子珠圆玉润，璀璨夺目

这只蚌，有什么好骄傲

有什么值得它一生瘫软在龌龊泥涂

忍受烈日的炙烤

你笑我疯癫痴傻

可我要说

正为了这疼痛我活

是这疼痛使我活

而我害怕这疼痛像不断溃散的宇宙

无限弥漫，越来越稀薄

愿这疼痛不断向我内心坍缩

这不可承受的质量

最终

一个黑洞

等待最大最圆的月亮

今晚我不睡
我要等最大最圆的月亮

我爬上山顶
白露降下来
我的脚背湿了
夜像一只黑蝉
伏在山尖上

突然山的影子动起来
树也有了影子
低头的人都往天上看
月亮出来了
是最大最圆的月亮

我好高兴
月亮真美

这个月亮爹爹也曾看过

我问过爹爹

月亮到底有多老

月亮是什么

月亮是一块发光的白石头

和太阳一样老

现在这个月亮看着我

一步一步跟我走

很不放心的样子

我喜欢月亮这样看我

俯着脸

欢喜又哀愁地微笑

月亮啊，我看见你时就是看见了你

我没看见你时

我也并没有忘记你

致邓恩

你给我讲了一千遍

当光线向你的瞳孔收缩飞聚

正是你的生命向星云四散

你收集到最珍贵的钻石

再找不到戴它的那只手指

晶莹剔透的卵膜里

蠕动的正是那尾黑黑的小鱼

唤你到来，你便到来

你神圣的隐居地

不在深山古刹，却是俗烟沸腾之地

你来了

彩蝶覆盖我的全身

我看不见自己的消融

草根下雪在融化

正午日光下

正午日光下

行走的人低头

看见自己没有影子

一只灰色小蜥蜴从石缝钻出

咬你的脚指头

从大脚趾开始

它的颜色越来越深

每时每刻

水银摔碎成珠

亡魂一样四处逃散

我捧住你

捧住水

五月十日夜空

月亮侧过脸

像卷起的一张书页

于是书页上的字符纷纷跑散

跳进水里洗濯嬉戏

他们笑语喧哗

孩子一样追赶，跑得越来越远

月亮用四角缀着银钉的网

把他们沉沉地打捞上来

把我从天河里捞上时

我是银网中漏下的一个水字符

我滑溜溜吗

我凉吗

我笔画清晰吗

最后那一笔，像尾巴一样翘吗

我就像一条鱼那样不安稳吗

来，把我抚展在你的掌心里

把我读出来

你发不出声

因为我没有读音

我的读音是一件青色纸衣

浸在水里消融了

但我闪闪发亮，你可以读我作钻石

我水汽淋漓，你可以读我作雨滴

我变幻不定，你读我为烟云

我转眼即逝，你读我为光影

苦艾

自父亲病

我嘴里总有苦艾味道

傍晚五点四十五分

路灯刚亮

我去买更多甜食

贝果、魔鬼蛋糕、巧克力雪球

泡芙、戒指饼干、干果派

再来一点小玛德莱娜点心

在医院

我轻轻搂着父亲肩膀

他是一只薄胎瓷酒盅

布满浅褐裂纹

他的胳膊

羽毛一样轻

我暗暗轻轻用力

不让他飞走

母亲留下来陪护
我回父母的家
给他们做饭

剥着蚕豆
烧芦笋
我时时有幻觉
门外脚步
是父母说笑着上楼
说："我回来啦！"

儿子小的时候
就是这样，常常地
我做饭，哼歌
听儿子回来咚咚的脚步
然后是粗鲁的一声大叫
"我回来了——"

真想父母能变成我的孩子

变成孩童

淘气、流口水

脏兮兮地回来

我仰着脸

傻傻地问："人为什么要生病？"

每天，我问很多次

我得不到回答

龙猫一样的男人

我小时候

地球人口三十亿

我们很珍惜地吃糖

收集红红绿绿的糖纸

抹平夹在书页里

妈妈教我洗手帕

绣花白麻布手帕

粉色碎花棉布手帕

爸爸用褐色大格子

表姐送的湘绣真丝手帕

右下角游一条小金鱼

好好叠起来藏在小盒子里

我长大了

地球人口七十亿

糖有罪

纸巾触手即取

那条游着的小金鱼

枯死了

时时刻刻在屏住呼吸

山越来越远

田地越来越少

我没有种过粮食

没有种过树

生活是块水泥地

有时冰冷

有时滚烫

今天遇见一个龙猫一样的男人

晒很黑

大大圆圆的肚子

小圆的眼睛

他拿出手帕拭汗

旧旧的褐色大格子手帕

我突然要哭

想起了好多事

在超市

他伸手在鱼池里捞鱼

一条东江鳊鱼

水淋淋的手

谢绝了超市工人递来的纸巾

微笑说

五年多不用纸巾了

也从那时开始吃素

鱼是买给父母吃

年迈的人

杀生的罪

不可以让他们担

他的眉目沧桑

细看

又似愁容

碧玉镯

是哪一只手把你套在我的腕上

这碧玉镯，碧色的眼眸

封闭的寺院，回云，青苔

紧紧扣住的手腕

井里轻漾的波纹

说不出，说不出的话语

告诉我，你可否愿意，是否安心

你最初的形状，最美的那一件外衣

你坚硬冰冷的家

每日啜饮的露水

隐身其中的丽质

星空下，青草下，灰色岩石下

深深、深深的笑容

有过的泪水，也都无声无息

变成纠缠繁复的云纹

你也问我

喝了殷红的葡萄酒

可还找得回那一颗浑圆的葡萄

张开柔软的唇，接住那滴清凉的雨

可还想触摸那片蓄雨的云

成为了它，就已经不再是它

请回来吧，你轻声呼唤一个幻影

所以你哭泣，哭泣，哭泣

我闭合了你，夜闭合了灯

梦闭合眼睛

于是，你也闭合了我

我的平安夜

平安夜

雨像鸟打湿的翅膀

越收越紧

低低逼到脸前

已停电八小时

烛光中

在旧榆木长桌旁对坐

眼睛像鼹鼠一样圆亮

你说好呀，又回到了洞穴

猛兽咆哮在高山草原

小动物藏在洞穴

黑暗中才有安全

你说，坐过来

和我挤在一起

小动物们是这样取暖

我抚着你毛茸茸的爪

它有时也尖利伤人

此时恰好听见婴儿啼哭

有人降生

我站起身

去把厨房打扫干净

一部电影的台词

啊，刚才有个鱼儿跳出来了

就那儿，盯着看

等会儿还会有鱼儿跳出来

这里能玩捉迷藏呢

好厉害啊，你们看

四周全是田野

我想知道这些稻子是谁种的

在很脏的河里会有许多小龙虾和泥鳅

桃栗三年柿八年

柿树长在地里要八年才能结出柿子

那么长的岁月

所以柿子才那么好吃

记得这是哪部电影里的台词吗

多么想是我的孩子们说出了这些话

无边的稻田

桃树栗树和柿子

人多么渺小又多么伟大

现在谁能对上我的暗号啊

我就这样起了执着心

九月

九月还是这样热

我藏在一根茶树枝背影里

一个小男孩在哭

沿着广场阶梯往下走

他的书包丢了

没有了，没有了

他哭起来像一只猫

你的书包是什么颜色的

让我和你一起找

没有了，没有了

他拿出手机给妈妈打电话

妈妈说了要打死我

两道污黑的小溪在他脸上流

你别哭

我也在找我丢失的东西

他的眼睛亮了

你也丢了你的书包吗

他皱巴巴的脸笑起来

我不知我丢了什么

或者并不是我丢失的

是我从来就不曾有

整一个下午我在每棵树下徘徊

茫然得像这个秋天

明明在这里

却又哪里都找不到

我在找什么

我要到哪里去找

孩子啊

我羡慕你知道自己丢的是书包

也羡慕你知道要到哪里去找

陌生人

这是我的厨房

这是我的餐桌

陌生人

我请你坐下

坐在这张老榆木桌旁

抽着烟

安心地等

我为你做一顿晚饭

撒些盐

滴两滴醋

煎几个鸡蛋

热油大火

我轻翻锅铲

把它卷成一团鹅黄的云

清炒白菜薹

叶尖还带着露水

脆生生的秆

轻托着一簇绿火焰

啊，陌生人

我不问你从哪里来

我不问你心里的恐惧

像河沙藏在深河底

我不问你为何忘了自己姓名

为何会敲了我的门

坐在这里

你不安的手指

像刚逃出箭阵的哀鸟

我也不会说出我心里的怕

我的怕是水里的蝴蝶

石头里的鱼

我的怕是一根穿不过针孔的线头

我看着那些伤口无法缝补

啊，陌生人

你吃，你喝

然后你走

这样的日子

神仙都惶然失措

你也继续你踉跄的脚步吧

然后我关上门

我哭

哭那些被鸟吃掉了名字的人

被月亮割掉了影子的人

被大雨洗得没有了颜色的人

那些

被我们忘记了的人

春笋

山三月

笋千里

挖笋的人戴竹斗笠

满山遍野

这里那里

穿褐麻短衣

露肥白肚皮

小小的地藏菩萨

藏在竹林里

笋离地一拳便不能挖

那已是竹

挖出来四个时辰内吃

脆鲜如春雨

挖笋的人满头白发

瞧见竹叶青青

竹雀在叫

他听着

想说什么

又忘了

我不敢望狗的眼睛

我不敢望狗的眼睛

仿佛被逼着面对一个灵魂

仿佛一间我无法进入的屋子

堆满黑寂的一块一块的时间

我害怕它柔软皮毛下的心跳

那是狗的心跳

却颤抖在我的喉咙里

我害怕看母狗舔着小狗

当我也搂着我的儿子

我怕狗爱我

含着泪看我

要我抱，摸，给它梳毛

当狗狗跑向我

我呆立着不动

在光秃秃的树枝下

仿佛我就是它无法挣脱的猎物

那些没被发出的呼喊是什么

那些不能被理解的恐惧是什么

就像我们也无法明白

我们为什么吃肉

有些事物比命运更神秘

充满了我们周围

仿佛一阵疼痛的击打

这段山路六十七级台阶

灰麻石凹凸不平

碎裂的石缝里又钻出青草

向右拐弯的地方

松树香味突然袭来

仿佛一阵疼痛的击打

我的心骤然缩紧

下午三点一刻

风把树的影子吹得更乱

我躺在一棵松树底下

半闭着眼睛

听鸟的叫声没心没肺

长长短短

像一个笨拙的画家

画笔上蘸着浓浓的油彩

随意在画布上抛洒

我父亲躺着的地方

也有一棵松树

那是一个山坡

往前望是深绿的峡谷

没有雾的清晨

隐约能看见一个大湖

有一次我坐在他的树影里

一只鸟叫的声音

像一个孩子嘶哑的喉咙

松针落在我脸上

是一个轻吻

遂昌南溪

南溪是一匹透明马

甩着它的白尾巴

从地底来

白天

它欢蹦乱跳

蹄子踢在岩岸上

一窝窝碎银子

正午

它听昆曲

嚼牡丹花影子

夜里它哭泣

为它消失在远方的姐妹

念地藏经

夜读《诗经植物图鉴》

《诗经》写了一百三十五种花草树藤名字

深奥古雅

采蘩采蘋

采苓采薇

啊，茉苜可不就是车前草

薇不就是野豌豆

菲是萝卜

莪是蒿

梅是楠木

苌楚是猕猴桃

每念一次花草的名字

一口绿莹莹的钟就被敲响

我就是那口钟啊

我的心

一次次颤颤巍巍

鼓荡得绿绿的

三千年前的一根野葡萄触须

转了很多很多半透明的小圈圈

想回到《诗经》里

三千年后的黄鸟

依然知道椴树南面温暖干燥

有月亮的夜里

它睡不着

我在哪里

整天在树林里游荡

我笨拙地辨认

桂树

樟树

伏地柏（伏地魔）

花的名字我叫不出

小蓝花可是鸭拓草

紫薇花真的怕痒痒

伸手挠挠它的树干

它就枝叶颤抖

像一个兴奋的小姑娘

我不认识这种粉色的花

绿尾巴的鸟我也不认识

黑鸟一掠而过

是黑色噪鹃

还是黑卷尾

或者秃嘴乌鸦

寒蝉鸣泣时

麻料鸟叫起来唯就唯就

杜鹃凄凉地喊

哥哥等等，哥哥等等

我差一点又哭了

那些像树叶一样消失的朋友

你们在哪里

树上叶子飘落

无声无息

桂花树叶背面

蜗牛慢慢爬

两秒钟

一厘米

树叶缝隙间我看见月亮

你没有从树上采摘过苹果

没有用竹耙扒拢过树叶

你分辨不出树叶不同的味道

死后也不会有一块土地把你安葬

不会有一棵松树穿过你的身体

高高为你撑一把绿伞

它露出地面的根脉

就像你的锁骨

当所有的愤怒都变成忧愁

这个黄昏

所有愤怒都变成了忧愁

我只想和人静静拥抱

透过后视镜

我看见夕阳醉汉一样追赶我

一高一低的脚步

仿佛踩着波浪

我停下来等他，抱他

我把夕阳捧在手心

像捧着爱人的脸

我把这张脸带回家

轻轻放在白枕头上

像一捧火焰

轻轻

在白雪上

鱼儿会怎么拥抱

它们抱在一起会暖和些吗

刺猬冬眠时体温最低

如果它们拥抱着睡

是不是就不需要被窝

　而我拥抱着夕阳

他喝醉了

在这个黄昏

像烧得软软的炭火

你睡着了吗

今夜，雨还在大地上疾书

雨是从一个更好的世界来的吗

午夜十二点

洪峰通过湘江

水是一封浩浩荡荡的告别信

有人半夜起来抽烟

地球的心跳

越来越快

谁来当这夜的守护人

老人又梦见他年轻时曾渡过的一条河流

女孩轻柔地在房间里走

她想用梳子

给湿漉漉的鸟儿梳梳羽毛

谁来告诉他们

大门很快就会被推开

此时水面漂过一顶草帽

她相信爱情

她相信爱情
就像一只橘子
可以握在手里吃
闻，吸吮，揉捏
抛出去又把它接住
剥开薄薄的皮
有白白的筋脉
半透明的橘肉一瓣一瓣
忠诚簇拥着那根轴

她更相信爱情
像橘子
不能放太久
也不能不熟

那象征忠诚的轴

其实并不存在

一瓣一瓣的橘肉可以撕开

籽会卡住喉咙

也完全不像想象中那样甜

夜一点二十分

夜一点二十分

久雨初晴夜空

独一星

茕茕燃若烛

明灭于深蓝巨型烛台

见过满山花草如火如荼

浓香烈色

独一棵无色无味

儿童乐园见过一个人

满面虬髯

拥挤于儿童稚笑中

排队等坐旋转木马

女人背靠小巷灰墙

屏住呼吸

最爱的人经过

不喊如木塑

喧嚣中独坐

听自己血液流遍周身

如波如涌

你

你啊，最最寂寞的人

生日

我生日的那天
突如其来的白花泛了一地
带着强烈的苦涩气味

我的指尖
要赶在天黑之前
把所有的花触摸一遍

它们呼救
这赶来坐在我生日餐桌旁的客人
脸上闪着光亮
我把手洗白，洗白
我的影子在它们的光里

唤醒我吧
我真的看见了它们吗
这些白花
请和我一起逃亡

陌生人寄来的礼物

江苏，盐城
请原谅，我真的把你当成陌生人

寄来一个粉红的制棉花糖机
一只陌生的手
准确写出我的姓名、手机、家庭住址

一点点好奇、惊喜、恐惧

为什么不叫云糖
梦糖
云梦糖
啊啊，不是我说的——
从最纯真到最邪恶
距离可真短

有什么能让我变得甜甜的

把我像糖一样搅碎

破坏我的晶体，变成浆

玻璃一样的丝

蓬松软厚的絮

那样我就甜了吗

云孤独地站在天上

风把它吹散成雨

它拥有了大地

命运也这样拥有我

这么苦，易变

这么多恐惧和爱

你吃一口

哇，好苦

你要吃苦的棉花糖吗

南尖岩露珠

黑夜要打白灯笼

白日要打黑灯笼

在南尖岩的竹林子里啊

要敲菩萨的钟

要打露珠灯笼

有谁见过露珠怎样凝成的吗

有谁见过露珠怎样消失的吗

看见露珠里的彩虹了吗

看见露珠里的泪水了吗

你从竹林走过

它就碎了

亲吻一柱峰的阴影

亲吻伐木人的斧刃

露珠和一亿年前的一样

一颗露珠

我瞥见如何死

为何生

凤凰原则

端详着这堆火，我们说

有许多凤凰从这里获得新生

火里拥挤着凤凰的影子

它们撕扯羽毛

声嘶力竭

一次次试图从火里冲出

火，火

骗局

女巫

这永生永世解不了的咒语

丝绸光滑

金子灿烂

毒药甜蜜

你以为用羽毛就可以轻轻推开宇宙

羽毛嚓嚓作响

发出泪水气味

从什么时候我们相信了这样的鬼话

火中涅槃获得新生

这故事越有名

我们越绝望

那么多老衰凤凰挤在火外

难以进入

那么多老衰凤凰惨叫在火里

无法逃离

这火的密度

一小片光亮已沉重得如同一座星球

要永久永久地活

不问为什么

把尘土从我们眼睛里抠掉

把从嘴上扯掉的声音收回

把被轻蔑涂掉的日子重现

把撕裂的月亮拼拢

我想深深地探入你的伤口

让我们在火里烧死

又能怎样

热爱生活吧

含着泪水热爱生活

永远不要熄灭眼睛里的火花

永远抿着嘴，扬起黑翅膀一样的眉毛

生命的激情总使我像激流中的水草

热爱生活吧

除了如此我又能怎样

下雨，天晴

泥泞的路和扬灰的天

医院弄脏的墙壁

屏幕上的雪花点

疼痛的腰背

睡醒时嘴里的气味

闪电和闪电后留下的空白

你还能要我怎样

热爱生活吧
因为烛火就要熄灭
列车发出巨吼向我们扑来
转瞬之间将我们粉碎

所以爱

为了喂饱爱情
我们吃背叛的面包

为了脸
我们打碎镜子

为了干渴
我们把水变成石头

为了你的影子
我扑进水中

你害怕我看你的脸

你，我的天使
在我最渴的时候
你打翻我的水杯

蜗牛与我

雨没有带来我等候着的消息

低头看一只蜗牛

慢慢爬

如果它翻一个身

把触角变成腿

它会跑得快一些

雨不让它跑

密密麻麻射出钉子

把它钉在石缝里

要找家

难道它并不把背上的壳

当作家

如果是我

我要在那薄薄的壳里

生一堆火

把头发烤干

手烤暖和

别急着赶路

想一想

要到哪里去

能去哪里

留给我们的路不多

但有一条静悄悄的小路

必等着我们走

那时，灰褐的小屋会空空荡荡
雨扑熄窗前的蜡烛
用湿漉漉的手指
做一个记号

但现在还不要怕
蜗牛
我们还有时间
我会把雨的钉子一根根拔出来
扔到一边去

孤独的鞋

夜寒，春

且雨

宜饮酒

从酒瓮里再滗出些酒汁

且邀庄子

这破衣褴褛的老头

又要和我大谈骷髅美人

我说

啊，我已厌倦

这一刻的雨

这一滴

没落在我头上

就再不会落

所以

老头儿，请陪我哭

我贪生

厌生

时时渴望听新的雨

喝新酒

我酡颜

所以手蒙镜

怕里面飞出蝴蝶

庄子，你这老头

你怎么也咳嗽

你去洗一个热水澡

再来谈齐生死

老头儿，如果你还能笑

请为我笑一笑

我总穿着孤独的鞋

在雨里走

睡眠

当睡眠来时

我紧紧揪住它的鬃毛

马儿避开所有光亮的草叶

它的利刃会把脚扎伤

我害怕马背上的孤独

害怕醒来后还做梦

黑暗中睁大双眼

马儿

快跑，快跑

等梧桐树收回它所有的影子

等鸟儿收回它的羽毛

我的头发会像光一样散开

马儿啊马儿

我们能驰骋在什么样的路上

太快

说不清是什么太快

也许是秋虫的一生

也许不是

它们叮叮当当撞着白色灯罩

晨光中铺满了黑密的一地

如同灰尘

扫帚把它们扫走

有没有活过都了无痕迹

可总还记得昨夜灯罩下那微弱的声响

薄脆的银子

一丝细的光亮

你总是说我变得太快，太快

可你送我的象牙发卡仍留在发上

从此到彼就是一生

也许是秋虫

也许不是

凤凰月色

嘎吱一声

推开客栈厚旧木门

我惊动浅睡的月

木屐沿青石板

一路轻敲下去

沱江

月光覆着河水 两张轻贴着的脸

交织银子和黑曜石的光

万名塔斑驳碎影

风铃铁马的声音

如碾碎的细玉

坐下

脚浸在清凉的沱江里

月色是一件软旧洗白了的长衫

斜对岸听涛山

山上沈从文墓

白天，我随俗采一束野牡丹

放在从文墓前的五彩石上

亦慈亦让

慈，是月亮亮着的那一面

让，是月亮暗着的那一面

此时想着从文的月下小景

初八的月亮圆了一半

傩佑和他身边小猫一样的女孩

快乐地分吃掉了梧桐子大小一粒毒药

寨中的角楼

第二次擂起转角鼓

人人都到凤凰来找翠翠

月落的时候就让它落去

翠翠早已不在了

但那用箩筐挑着父兄头颅的小孩子

还跌跌撞撞走在月色山道

深山中孤独的客栈老人刚死了独生子

他把儿子的旧布鞋

拿出来给湿脚的客人换上

躲在后舱的丈夫

手捏着妻刚给他买的二胡

听妻子在前舱里接客笑谑

月夜落洞的女子

痴想着在世间得不到回应的爱

水手柏子在大雨里走

江边吊脚楼

那会烧烟会唱《孟姜女》的妇人还在叫喊

柏子我的儿，不要喝凉水

有良心的

你下月这时候再来

唱歌

喝酒

做爱

笑骂

表达喜乐那样恣肆

爱的隔膜

寂寞生死

藏在月亮看不见的那一面

黑暗稠密的悲哀

我喘不过气来

上午

城南中营街

遇一满面皱纹老妇

毛蓝布褂

旧银凤凰发簪

要给我看手相

半晌无语

嘴嚅嚅然

我追问

你看到了什么

她想想

摇头说

我看不出来

月亮要落了

水从我的脚趾间逃逸

从文

你这乡下人

再喝一杯甜酒吧

除了酒

这世上还有什么值得喝呢

献给被逐的两株银杏树

南岳衡山福严寺有三株银杏，寺内西侧一株，寺门外两株。寺内西侧那株为雄性，寺外两株为雌性。据说寺门外两株银杏原是两姐妹，和寺内西侧那株雄银杏长在一起。姐妹俩同时爱上那株雄银杏树，被慧思住持一怒而逐出寺外。如今，三株银杏都已有 1440 年历史，古态横生，枝虬蔽天，而寺门外两株雌银杏亦满身伤痕，与寺内那株雄银杏咫尺之间，遥遥相望。

我被逐，我和你

我们被逐

在寺院的墙外

梵经贝语

不再幻化莲花的温柔

暮鼓晨钟

日日炸响我们头顶的雷霆

我们是被爱击毁了的灵魂

别在我们灰黑的骨骼上

找你苍翠的泪影

别在我们碎裂的手掌中

觅你风露的清凉

可那逐我们出墙的手指有罪

愿它的指节

疼痛得嘎嘎作响

愿它站在菩萨的门前

握不住开启的门闩

我们在墙外疯长

我们的未来

被鸟、太阳

被向我们紧压过来的松柏

兴奋地怜悯

向我们宣判吧

揪住我们的绿发

压折我们的脖颈

我们的眼睛

裂开的光束

直视你

你说，你会在深夜来拥抱我

把我粗糙的纹络

深深压进你的脸

你发肿的嘴唇

抚摩我的伤痕

你用唾液

濡湿我变成石头的愤怒

女人，我不能陪你一同去死

我不能带给你永恒的睡眠

我自己

已经是一封悲愤的灵魂遗书

我每一个枝丫滴落的词句

是铁一样的灰烬

不能看也不能触碰的

针一样的尖鸣

许多个黑夜

我徘徊如一只孤鹊

我抓住酒神的红胡子

请他赊给我一个瓮

能容我的片刻沉醉

但夜只把我的梦漂白

像一张变白的纸

我把所有的言词涂掉

永远，这纸上不会写你的名字

洞庭四短章

一

我老了要当一个骗子
我要给孩子们讲一个童话

很久很久以前
地球上有一个湖

二

在月亮上看洞庭湖
是一个灰绿的点
小小的，有着薄脆的壳
像苇莺在五月生下的蛋

三

苇莺细腰身
孵自己的孩子
也孵杜鹃的孩子

三月做窠
高处有鹰
低处有蛇
不敢在苇秆最高处
也不敢在苇秆低底下

天青水白
我把孩子们生在哪里

选三根苇秆结起来
半腰上织一个深深的斗

七月末
苇莺啼叫得凄惨
嘎嘎——急，嘎嘎——急

窠里孵着五个蛋

孵出第一个胖孩子

另外四个就不见了

这孩子嘴张得大

啄绿蚂蚱喂它

头都伸进孩子嘴里

吃吧，吃吧

天下的小婴儿都得妈妈喂

永远喂不饱的胖孩子

是杜鹃的孩子呀

杜鹃的孩子一出壳

就把苇莺的孩子推到巢外面去了

苇莺喂杜鹃的孩子

一如喂着自己的孩子

四

大青鱼、麻鲢、草鱼
油刁子、翘白、针嘴鱼

渔网在哪里罩落
鱼就会在那里

一种鱼叫半边屎
脊下有一道蓝弧光
圆肚子软得像水豆腐
轻轻一挤
身子去了大半
三三妈一挤一丢
一会儿就是一大桶
晒干冬天炒辣椒吃

五月吃银鱼
瓷勺子舀起来
细溜溜的白菊花瓣

七月从六门闸买两条大青鱼

我和哥哥用竹扁担抬回家

湿麻绳儿打一个死死的结

鱼嘴穿进去，鱼鳃穿出来

再从另一边鱼鳃穿进去

鱼嘴里绕出来

我八岁，哥哥十岁

我在前，哥哥在后

扁担下悬着两条鱼

傍晚了

青鱼脊背和天色一样了

青鱼拼命跳着舞

尾巴啪啪打我的背

我的背上有闪电的痛

我的同学周炳言

这个夏天淹死在洞庭湖

后来他睡在门板上

他妈妈疯了

光着脚在湖边喊

我的儿

梳梳你的头

转转你的眼睛

鱼后来就安静了

我们都隐没到夜色

西藏十章

一

唐古拉山

我们的缘分仅仅因为我对你三十六分钟的眺望

隔着火车窗玻璃

你炫目雪白

像一只笨拙的白熊

你要动身走吗

你到哪里去

我听到你的脚步懒洋洋往前迈动

人们都说你就是天堂

你却正从那里离开

二

唐古拉的茫茫冰川
平展柔软风吹不动

像父亲写字用的宣纸

晚年
他喜欢半熟宣
快瞎了
却只写小楷
"爹爹，写得真好！"
"看不见了呢，瞎了。摸着写。"

青筋暴露的手拈笔
像拈着花

为我写过《金刚经》
非常非常安静的字

三

我已流了太多泪水

我记得爹爹临走前那一个傍晚

我们和他告别

隔着玻璃窗

他向我们扬手致意

这一次

他忘记了向我们笑

他的手掌惨白

眼神凄恐

菩萨

如果一颗钉在墙上的钉子松了

落下来

一面镜子碎了

映在它上面的脸更碎

为什么我们不哭

为什么你要让我们害怕

当我们的亲人，我们自己

一点一点没入暗影

渐渐吞噬掉我们的脚趾、小腿、膝盖

我们又怎能

若无其事把茶杯端到嘴边

啜饮那清香的茶汁

那圆圆的杯口

像不像一把环形的刀

顺从于我们脖上的拴颈环

我们熟练地在箍嘴套后微笑

我们说谢谢，谢谢

我们一生的野心、挣扎、卑微、忏悔

最后，我们还是被带到那扇门前

爹爹，爹爹

你害不害怕

这让我无法安眠

在大昭寺

我跟着一个转经的女人

太阳使我眯缝起眼

她后面跟着她的孩子

赤脚，流着鼻涕

又冻又饿

嘴唇乌青

菩萨

我该不该蹲下来

擦干净她脸上的鼻涕

去给这孩子买一双鞋

在布达拉宫

人们匍匐在你脚下

数不清你眉宇间镶嵌了多少颗珍珠宝石

如果我仰头

如果我数清了

会不会得到一个答案

如果我的心也是一块喜马拉雅山麓的白岩
菩萨的脸会不会自然显现
那时我能不能自己做画师和工匠
把你雕刻

所以呀，菩萨
你有你的庄严和悲悯
我有我的愚钝和固执

原谅我，菩萨
我有自己的转经方式

四

这一刻
雪峰缓缓从天边走过
菩萨也低下头
点燃他所有的酥油灯

我把火热的掌心贴在雪峰上
雪峰挺起了脊背

我的祷词藏在太阳的光柱里倾泻而下
请把冰雪融化成蜂蜜

我请求唐古拉山上的风把我卷起来
像卷起一张唐卡

五

遥望那个山顶
他们说那就是天葬台
碎石乱滚的山坡
细草被太阳灼焦

有人害怕
有人没感觉
有人说，看，那上面有件红色衣服

也许只是被遗弃的裹尸布

会有一根绳子

几个圆圆的石坑

砸骨头的石块

煨桑升起烟雾

喇嘛念经

它们徘徘徊徊

轻轻叩问前面的路

他升天了吗

如果到半空中他跌下来

会不会有一只手把他拉住

秃鹫们向下俯冲

又惊飞四散

这时一阵风吹过山脊

云投下暗影

马儿在影子里吃草

有人轻轻拍我的肩

有人不耐烦

问

我们什么时候离开

六

那被宰杀的羊倒在雪里

人们把雪踩成灰黑泥浆

雪还在下

羊的头抬起又垂下

脖子没有气力了

它的毛一绺一绺，又湿又脏

一个小男孩站在它旁边

捂着眼睛痛哭

我没有什么需要忏悔

人们温和地望着我

他们毫不知情

在那个夏天

几千公里以外

一个女人在南方的花园里

踩碎一只蜗牛

她下脚太快

后悔太迟

七

拉萨河青黑色的鱼向上游

喧腾而沉默，跃过拦在河中的玛尼堆

穿过河面透湿的经幡

它们念：嗡嘛呢叭咪哞

拉萨河里青黑色的河水向下流

喧腾而沉默，跃过拦在河中的玛尼堆

穿过河面的五色经幡

它们念：嗡嘛呢叭咩吽

拉萨河是一条长长大大的青黑鱼向下游

它身子里许多小小的青黑鱼逆着游

月亮倚着身后那扇暗蓝的门

把镜子摔碎在它们身上

啊，那条大的青黑鱼

那些小的青黑鱼

它们挣脱了水

八

"姐姐姐姐，我梦见爹爹在青海湖边放羊，

他放着三只小羊，

它们的蹄子乌黑，

黑得像夜里的光。"

那是爹爹的周年祭日
爹爹不知道
他在青海湖边放羊的时候
妹妹梦见他

妹妹醒来到厨房喝水
三只小羊挤在她的厨房
嘴边还沾着青色的草汁
纤细的树枝在窗外飒飒作响

"姐姐姐姐，爹爹放牧的小羊就在我的
厨房！"
妹妹不知道
她给我打电话大喊大叫的时候
三只小羊像三团白影
正融进迷离的晨光

九

夜雨里
布达拉宫的灯火湿了
念经的声音也湿了

我总是在这时候最难过

十

羊卓雍错——传说，在羊卓雍错，你可以看到你
的前生、今世与来生。2007 年夏，我去了那里。

翻越五千零三十米海拔的岗巴拉山口
往下
黑鸟、白羊、红草地
四千四百米的羊卓雍错

一面摔碎在半天云里的
巨大绿玉镜子

八月风寒

面如割

喝掉六罐青稞啤酒

湖面晚霞终于也烧到我脸颊上

浓烈恣肆

跪坐湖边

我以手做屏风

点燃一盏铜酥油灯

魔镜

魔镜

是不是我也要问一问

谁能告诉我

我低下头

湖水空空荡漾

映不出我的脸庞

难道我并没有前世

亦没有所谓来生

而我确乎梦见过

我的前世是一条黑毛母狗

月光下孤独地穿过田野

我的今生

有爱人

有一间小房子

在翻书厌倦的时候

我会突然停下来

心神不宁

一生寻求幸福

总想着

怎样过得更好

到今天我才明白

幸福是

更远一点的宁金抗沙雪峰

久久注视

会灼伤我们的眼睛

到底

你还想要什么

看看羊卓雍错

绿得爱人的眸子一样消魂

曾经年轻

光滑得像一滴刚从雨云上滑落的水珠

现在

我是羊卓雍错湖边的五色经幡

得到爱

在不被爱的时候还能爱

衣衫褴褛时不羡慕女友的棕黑貂皮大衣

手掌里有足够的光线可以看清周围事物

如果真有来生

如果这就是

我的来生

够了

其实

不必有来生

如果可以

羊卓雍错

风从不会空空吹着

我看不见你的岸

也看不见

我的岸

那就随它去吧

现在

我把灵魂变成一缕烟雾

悄悄

散在你的湖面

图书在版编目（CIP）数据

张战的诗 / 张战著. — 深圳：海天出版社，
2021.11

ISBN 978-7-5507-3238-4

Ⅰ.①张… Ⅱ.①张… Ⅲ.①诗集 – 中国 – 当代
Ⅳ.① I227

中国版本图书馆 CIP 数据核字 (2021) 第 148793 号

张战的诗
ZHANGZHAN DE SHI

出 品 人	聂雄前
责 任 编 辑	曾韬荔
责 任 校 对	万妮霞
责 任 技 编	梁立新
装 帧 设 计	自留地　交流邮箱：919679085@qq.com

出 版 发 行	海天出版社
地　　　址	深圳市彩田南路海天综合大厦（518033）
网　　　址	www.htph.com.cn
订 购 电 话	0755-83460239（邮购、团购）
排 版 制 作	深圳自留地文化创意有限公司
印　　　刷	深圳市华信图文印务有限公司
开　　　本	889mm×1194mm　1/32
印　　　张	10
字　　　数	160 千
版　　　次	2021 年 11 月第 1 版
印　　　次	2021 年 11 月第 1 次
定　　　价	48.00 元